方洲新概念

好孩子成长宝典

Haohaizi Chengzhang Baodian

主编：方洲
副主编：段其民 王彦芳

告诉大家，我是最棒的

培养小学生乐观心态的故事

华语教学出版社

培养小学生必备的优秀品质，让你成为有出息的孩子

本书具有四大特色

一 我们为你提供了最直接的日常行为指导

用漫画呈现孩子生活中的种种表现，让孩子一看就明白自己行为中的不足，并从中学会调整自己，完善自己。

二 没有枯燥的理论，全是精彩的故事

用轻松易懂、精彩生动的故事，让孩子在快乐阅读中开启心智，培养孩子应具备的良好品质。

三 我们为你安排了最有效的情景训练

设置具体的实际生活情境，让孩子做出正确判断，学会应对生活中的种种难题，从容摆脱困境。

四 用小学生自己的故事和名人故事对照

与名人故事相对应，我们还选取了小学生的故事，既让孩子加深对名人必备品质的理解，又让小学生有互相借鉴写作方法的机会。

1. 励志漫画

从孩子日常生活中的表现出发,用精致的漫画还原生活中最常见的情景,让孩子明白什么是对的,怎样会更好。

2. 名人故事

精心选取生动有趣的名人故事,让他们在名人的成长中总结经验,找到自己与名人的差距,让自己成长为更完美的人。

3. 推荐理由

对名人的事迹和精神高度概括,让小学生迅速了解名人身上的优秀品质,把名人当作自己的榜样,指导自己的成长。

4. 我的朗读日志

每一个精心选取的故事都蕴含着朴素又深刻的道理,我们给小学生总结这些道理,帮助他们更好地理解故事,更健康地成长。

图书在版编目（CIP）数据

告诉大家，我是最棒的：培养小学生乐观心态的故事 / 方洲主编. — 北京：华语教学出版社，2010
ISBN 978－7－80200－975－2

Ⅰ.①告… Ⅱ.①方… Ⅲ.①儿童文学－故事－作品集－世界 Ⅳ.①I18

中国版本图书馆 CIP 数据核字（2010）第 137547 号

好孩子成长宝典

告诉大家，我是最棒的——培养小学生乐观心态的故事

出 版 人	王君校
主　　编	方　洲
副 主 编	段其民　王彦芳
责任编辑	陈文佳　张丽丽
封面设计	朗观设计机构
排版制作	北京大有图文信息有限公司
出　　版	华语教学出版社
社　　址	北京百万庄大街 24 号
邮政编码	100037
电　　话	(010) 68995871
传　　真	(010) 68326333
网　　址	www.sinolingua.com.cn
电子信箱	fxb@sinolingua.com.cn
印　　刷	三河市金元印装有限公司
经　　销	全国新华书店
开　　本	16 开（787×1092）
字　　数	331（千字）　　15 印张
版　　次	2010 年 8 月第 1 版第 1 次印刷
标准书号	ISBN 978－7－80200－975－2
定　　价	19.90 元

目录 CONTENTS

第一章 拥有阳光心态，让我成为最棒的

1. 拥有阳光心态，让我每天都有好心情 / 002
2. 拥有阳光心态，让我更勤奋努力地学习 / 002
3. 拥有阳光心态，让我勇敢面对挫折 / 003
4. 拥有阳光心态，让我更自信地表现自己 / 003
5. 拥有阳光心态，让我学会感谢别人 / 004
6. 拥有阳光心态，让我拥有好人缘 / 004

第二章 最受小学生喜爱的10个成功榜样

播下总统种子的托莱多 /006

我的故事 /008

"学习失败"的林肯 /009

我的故事 /011

最傻的人科赫 /012

我的故事 /014

永远坐前排的撒切尔夫人 /015

我的故事 /017

"改行"的杨振宁 /018

我的故事 /020

梦里找到灵感的迪斯尼 /021

我的故事 /023

月光下的巴赫 /024

我的故事 /026

从跑堂到冠军的阿兰·米穆 /027

我的故事 /029

从洗厕所开始的野田圣子 /030

我的故事 /032

拥有"秘密武器"的贝克汉姆 /033

我的故事 /035

第三章 每天进步一点点——拥有积极进取的心态

理想分解法 /038

白手起家的皮尔·卡丹 /040

你今天学到些什么 /042

每天给自己一个希望 /044

用粉笔交谈 /046

滴水可以穿石 /048

学习是终身的事情 /050

泥土与星辰 /052

定格在玻璃窗上的阳光 /054

没有一蹴而就的成功 /056

一个真正的强者 /058

我的故事 /060

第四章 我是最棒的——拥有自信的心态

自信的价值 /062

假装成功 /064

只要做起来 /066

永远不说你是做不到的 /068

成功的前提 /070

永不消失的自信 /072

扶人一把 /074

有一个人可以帮你 /076

不再忧郁的艾米丽 /078

自信就是最美的舞姿 /080

一块石头 /082

我的故事 /084

第五章 风雨之后有彩虹——拥有乐观的心态

穷人的音乐 /088
凡事从好处想 /090
每天都有彩虹 /092
"尽管……但是……"解忧书 /094
把成功写在脸上 /096
窗外就是蓝天 /098
带着微笑上路 /100
眼中含泪,就看不清未来 /102
每个人都有两扇窗子 /104
幽默的曼德拉 /106
微笑的力量 /108
我的故事 /110

第六章 滴水之恩当涌泉相报——常常心存感激

藏起母亲的秘密 /114
琐碎的爱 /116
最需要关怀的心灵 /118
独特的毕业礼物 /120
点点滴滴的幸福 /122
画上的那只手 /124
撑开心中的那把伞 /126
一张8分钱的邮票 /128
生活对爱的最高奖赏 /130
我的故事 /132

第七章 送人玫瑰,手有余香——学会与人分享

赠人玫瑰,手留余香 /136
空间的价值 /138

一把糖果的快乐 /140
留一些柿子在树上 /142
一束鲜花改变人生 /146
战争中的回形针 /148
88个新年祝福 /150
分享是美丽的 /152
我的故事 /156

第八章 给别人鼓掌——快乐的人生不要嫉妒

在竞争中不失君子风范 /160
人才看得见人才 /162
给别人一点儿掌声 /164
改变一个人命运的鼓励 /166
向竞争对手学习 /168
做一个大度的人 /170
愚蠢的夫妻 /172
向你的对手敬杯酒 /174
踩烂虚荣，擦掉心中的嫉妒 /176
修剪友情之树 /178
我的故事 /180

第九章 初生牛犊不怕虎——勇敢面对挫折

上帝没有给它鳔 /184
心中的球洞 /186
双腿残疾的骑马冠军 /188
绝不轻言放弃 /190
琴弦上的灵魂 /192
扼住命运的咽喉 /194
从铁匠的儿子到总统 /196

痛苦中孕育美丽的翅膀 /198

无腿的登山者 /200

我的故事 /202

第十章 喜欢自己表现到底——善于表现自己

告诉自己：我能行 /206

口吃的孩子也能当演说家 /208

把自己放在成功的轨道上 /210

不要把手缩进袋里 /212

我会开一家公司 /214

做一个最好的你 /216

不要成为毛毛虫 /218

天生我材必有用 /220

挑战不可能 /222

我是森林中最出色的小鹿 /224

展现领头鸭的风范 /226

我的故事 /228

第一章
拥有阳光心态，
让我成为最棒的

拥有阳光心态

让我每天都有好心情

让我更勤奋努力地学习

让我勇敢面对挫折

让我更自信地表现自己

让我学会感谢别人

让我拥有好人缘

1 拥有阳光心态，让我每天都有好心情

生活就像一个奇妙的盒子，里面填满了喜怒哀乐。假如我们往盒子里塞进坏心情，那么我们就看到一个灰暗沉重的世界；假如我们往盒子里面装进阳光般灿烂的好心情，那么世界将会变得明亮又美好。每天都有好心情，是一切成功的起点。

林肯小时候家里很穷，没机会上学，但他并不悲观烦恼，一有机会就向别人请教，没钱买纸笔就在地上和木板上练习写字。他保持着阳光的心态，积极向上，最终成功领导了美国南北战争，维护了美联邦的统一，成为美国历史上最伟大的总统之一。

拥有阳光心态，我们就会觉得每一天都是阳光明媚的，身边的每一个人也都变得和蔼可亲。每天保持好心情，我们的生活会变得更加健康快乐。

2 拥有阳光心态，让我更勤奋努力地学习

在攀登科学高峰的道路上，在通往知识殿堂的道路上，没有捷径，而勤奋则是成功的关键。古今中外那些有所作为的人，并不一定都是聪明的人，但他们往往都是勤奋的人，在他们成功的背后都伴随着勤奋而又艰难的奋斗过程。

华罗庚（gēng）因家境不好，初中没毕业便不得不退学去当店员。但是他并没有因此放弃学习，反而更加勤奋地自学。他每天很早起床，并利用一切零碎时间，勤于动手，勤于思考，刻苦钻研，在数学领域辛勤耕耘，终于攻克了一个又一个难关，成为了杰出的数学家。

一分耕耘，一分收获。只要我们拥有阳光的心态，每天比昨天勤奋一点点，每天比昨天进步一点点，积少成多，奇迹就会出现。

3 拥有阳光心态，让我勇敢面对挫折

生活的路是崎岖不平的，总会出现各种各样的烦恼和挫折。可以说，挫折是人生的必修功课。当面对困难的时候，我们更要拥有阳光的心态，时刻保持一颗乐观向上的心，从跌倒的地方爬起来，勇敢地向自己的目标前进。这样，我们就离成功越来越近了。

年轻的贝多芬在事业蒸蒸日上时突然患上了耳疾，之后彻底耳聋了。对于一个音乐家来说没有比丧失听力更可怕的事情了。但是面对巨大的挫折，贝多芬并没有退缩，他保持一种阳光的心态，一生不懈(xiè)努力，创作了一百多部优美动听的作品，成为了世界著名的作曲家。

我们不会每次考试都得第一名，也不会得到所有人的赞扬，但是，只要我们不灰心、不丧气，保持阳光心态，积极地面对挫折，乐观地对待身边的每一件事情，那么，我们的生活就会变得丰富而有意义。

4 拥有阳光心态，让我更自信地表现自己

世界上没有完美的人，每个人都有自己的缺点，但也都拥有自己的优点。我们要善于发现自己的长处，相信自己就是最棒的，勇敢地表现自己。因为世界就像是一个多姿多彩的大舞台，我们每一个人都是一名出色的演员。

海伦·凯勒1岁半时突患急病，使她变得既盲又聋且哑。但是海伦在启蒙教师安妮·莎利文的帮助下，顽强地学会了盲文，并通过了哈佛大学拉德克利夫女子学院的考试，最终写出了《我生活的故事》等14部著作，成为了美国出色的作家。

我们可能不会像别人那样弹奏优美的音乐，也不能像别人那样拥有精彩的演讲口才，但是，天生我材必有用，我们要善于发现自己身上的闪光点。只要我们摆脱自卑的困扰，点亮自信的明灯，微笑着朝理想努力奋斗，就会有所收获。

5 拥有阳光心态，让我学会感谢别人

俗话说，滴水之恩当涌泉相报。我们要拥有阳光心态，感谢帮助过我们的人——即使是很小的事情。只要人人都拥有一颗感恩的心，一颗包容的心，世界将会变成爱的海洋。

刘翔在第28届奥运会夺冠后，上海普陀区政府奖励他一套三室二厅的装修房。他有了新房后马上想到他的师父孙海平教练。孙教练虽然自己家的住房狭窄但还是把房子让给了自己的母亲和兄弟，刘翔为了报答师恩，无偿代言楼盘广告，为师傅分得了一套价值四百多万的四室两厅的大房子。

值得我们感谢的人有很多，感谢为我们生产粮食的农民伯伯，感谢辛苦驾驶的司机叔叔，感谢陪伴我们成长的好朋友，感谢在跌倒的时候将我们扶起的人……当然，最不能忘的是我们的父母，感谢他们给了我们生命，感谢他们无微不至的关怀，让我们有机会欣赏这个美好的世界。

6 拥有阳光心态，让我拥有好人缘

社会是一个大家庭，我们都是其中的一分子。在生活和学习中，我们要学会尊重别人，学会与人分享，学会赞扬别人，发现他人身上的优点。拥有阳光心态，可以让我们拥有好人缘，在和睦关爱的集体中健康快乐地成长。

美国钢铁大王卡内基在谈到自己的成功秘诀时说："我认为我自己最大的优点，是能够鼓舞起别人的热忱。要叫别人能够尽心竭力，最好的办法是赏识他，赞美他，上司的指责，是最容易消灭部下的信心的。我还没看见一个人，在被吹毛求疵（cī）时，能比在被赞赏时把事情办得更好！"

生活在学校的大家庭里，我们要拥有阳光心态，尊老爱幼，礼貌待人，助人为乐。拥有好的人缘，会结交众多的朋友，有了他们的陪伴，我们成长的道路将会变得轻松快乐。

第二章

最受小学生喜爱的10个成功榜样

播下总统种子的托莱多
"学习失败"的林肯
"改行"的杨振宁
梦里找到灵感的迪斯尼
从跑堂到冠军的阿兰·米穆
从洗厕所开始的野田圣子
拥有"秘密武器"的贝克汉姆

播下总统种子的托莱多

秘鲁安卡什省的一个小山村里,有一群男孩,由于贫穷,他们从三四岁起就帮着父亲养家糊口,替人放羊。稍大一点,孩子们开始到大街上卖口香糖、卖彩票、卖报纸,替路人擦皮鞋。尽管干着这些最低贱的活儿,但天真的孩子们都有远大的志向,每当有人问他们长大想做什么时,孩子们总喜欢这样回答:"长大了要当总统!"

有一个男孩的家里很拮(jié)据,但他还是恳求父亲让他去上学,因为他听说当总统的人都是读过书的。在当时,穷孩子很少有上学的。面对父亲的反对,男孩承诺说:"我不会因为上学而浪费做工的时间,我会利用早晚赚回与从前一样多的钱。"这样,父亲才勉强同意了。

从此,男孩白天上学,早晚仍去做从前的杂活。为了那个总统梦,孩子一直努力让自己的成绩成为所有孩子中最好的。

从小学到中学的十多年时间里,男孩不但要像同伴一样做工赚钱,还要努力学习文化知识,在人生的跑道上,同伴们离他越来越远了。

1964年,18岁的男孩获得了美国旧金山大学的奖学金。这样,他不用花父亲的钱就可以在美国攻读学士学位。他还利用学习余暇打工,寄钱给家里,以遵守自己当年向父亲许下的诺言。后来,男孩又在斯坦福大学获得了经济学硕士学位和教育学博士学位。

推荐理由

他出生在一个偏远的小山村里,因为贫穷,从小替人放羊,还曾到大街上卖口香糖、卖彩票、卖报纸、替路人擦皮鞋。为了实现梦想,他一边和同伴一样做工挣钱,一边努力学习文化知识。经过矢(shǐ)志不渝地奋斗,他最终获得了成功。他就是秘鲁总统托莱多。

这时的他，已成为全球各大商业公司争抢的高级人才。但是，为了梦想，他拒绝了这些诱惑，而是先后到联合国纽约总部、世界银行、美洲发展银行和国际劳工组织日内瓦总部担任经济学顾问，这为他从政积累了大量的宝贵经验。

矢志不渝地奋斗，让他离梦想越来越近。50年后，他终于实现了这个梦想——在秘鲁2001年大选中，他击败了所有对手，当选新一届总统。他，就是秘鲁现任总统托莱多。

长大想当总统的孩子很多，最终成为总统的只有那么几个人。如果年幼的托莱多与其他同伴一样只有梦想却不为之辛勤播种、耕耘，那他可能永远只是一个平庸的穷孩子。

哲人说，握在手里的松籽，它永远只是一粒松籽。只有播撒在泥土里的，才可能长成参天大树。

我的故事

空有理想而不努力付出是不可能成功的，只有播撒在泥土里的松籽才能长成参天大树。秘鲁总统托莱多不甘平庸，朝着自己的理想积极奋斗，逐步走向了成功，实现了儿时的梦想。在生活中，我们该怎么做呢？

我的理想

万物都有一扇门，而且每扇门的钥匙应该都不同。但是，却有一把万能钥匙可以打开任意一扇门，它就是"理想"，远大的理想就是开启万物的钥匙。

相信每一个喜爱音乐的人都会认为音乐是世界上最迷人的一件事物，而这只是我被音乐征服的原因之一。更重要的是，音乐是医治心灵创伤的良药。音乐不仅可以医治歌者的伤痛，也可以医治和安慰听者。表达情感的方法有很多，有的人选择写，有的人选择说，还有的人选择演，而我选择唱。这也许跟我的性格有关吧！虽然我性子比较急，说话比较直，但却不善于表达情感，因而含蓄迷人的音乐更适合我。而且，我从小就是一个"垃圾回收站"，身边的人无论遇到什么都会告诉我，我也习惯了安慰他们，选择一种好的方式帮助他们，对人对己都很好，所以音乐很适合我。

尽管我确定我的理想是成为一名音乐人，却遭到家人的反对，他们只希望我读好书，不允许我为别的分心。可我仍然坚持我的理想，我也要证明给他们看，我无论做什么都不会影响我的学业。我也相信"心之所愿，无所不成"，终于，我获得了家人的理解，更得到了母亲的支持，这也给了我很大的动力。

欧文曾经说过："目标决定你成为什么样的人。"所以，我的目标也就是我的理想，就是成为一名音乐人。

"学习失败"的林肯

推荐理由

他的一生充满了艰辛和坎坷,生命的大部分时光是在接连不断的磨难中度过的。然而他并不因为碰壁而停止自己的追求。他屡(lǚ)败屡战,不断在失败中吸取教训,终于当选为美国总统。他就是美国的第16任总统,亚伯拉罕·林肯。

事之前你也许会这样想:"如果我被拒绝,该怎么办?"只朝好的方面想,一旦遭人拒绝,就会唉声叹气或大骂对方混蛋。这种赢得输不得的人必须好好学习下面这位先生锲而不舍的心理功夫。

1832年,美国有一个人和大家一道失业了。他很伤心,但他下决心改行从政,当个政治家,当个州议员。糟糕的是,他竞选失败了。一年遭受两次打击,这对他来说痛苦是接踵而至的。

他着手开办自己的企业,可是,不到一年,这家企业倒闭了。此后几年里,他不得不为偿还债务而到处奔波,历尽磨难。

1850年,他再次参加竞选州议员,这一次他当选了。他内心升起一丝希望,认定生活有了转机:"也许我可以成功了!"第二年,即1851年,他与一位美丽的姑娘订婚。没料到,离婚期还有几个月的时候,未婚妻却不幸去世了。这对他的精神打击太大了,他心力交瘁,数月卧床不起,因此患上了神经衰弱症。

1852年,他觉得身体康复过来了,于是决定竞选美

国国会议员，却仍然名落孙山。

但他没有放弃尝试，他没有自问"失败了怎么办"。1856年，他再度竞选国会议员，他认为自己争取成为国会议员的表现是出色的，相信选民会选举他。可是，出乎意料，他又落选了。

为了挣回竞选中花销的一大笔钱，他向州政府申请担任本州的土地官员。州政府退回了他的申请报告，上面的批文是：本州的土地官员要求具有卓越的才能，超常的智慧，你的申请未能满足这些要求。

接连两次失败并未使他服输。过了两年，他再次竞选美国参议员，还是未能如愿。

在他一生经历的11次较大事件中，只成功了两次，然后又是一连串的碰壁，可是他始终没有停止自己的追求，他一直在做自己生活的主宰。1860年，他当选为美国总统。

他，就是后来在美国历史上解放黑奴、结束南北战争，创造丰功伟绩的亚伯拉罕·林肯。

林肯的一生充满了艰辛和坎坷。挫折是他生活的主旋律，抑郁是他个人的大敌。但林肯还是挺了过来，直到最后一刻。屡战屡败并不可怕，可怕的是失败之后精神萎靡（mí），再也没有勇气去战斗了。只要心怀必胜的信念，屡败屡战，最终一定能够由败而胜。

我的故事

每个人都会遭遇失败,战胜失败是生命的意义,也是生命的内容之一。逃避不是办法,知难而上往往是解决问题的最好手段。不要因为失败的痛苦而放弃你的目标。所谓的成功人士,无非是比别人多付出,多经历磨难的人罢了。只要我们不怕失败,不断尝试,总有成功的一天。

不怕失败

人生哪有不经历失败的,要想成功那要看这个人对待失败的态度。有的人悲观消极,看轻生命;有的人积极面对,打败"困难"。其实,失败并不可怕,我就不怕失败。记得那一天,我们上体育课,老师让我们跳高,我很胆小,生怕跳不过去被男生笑话、讽刺。眼看同学们一个接一个,轻轻松松地跨了过去,队伍也在渐渐缩短,我的心咚咚地跳了起来,身体哆哆嗦嗦,怎么也控制不住。转眼间就轮到我了,我告诉自己:"没关系,我不比他们差,相信自己,不怕失败。"我深吸一口气,闭上眼屏住气,向前冲去,在一刹那间,我的身体变得很沉重,"砰"把栏杆撞掉了,"哈——哈——"笑声一片。顿时,我的眼泪涌了出来,像一股带着咸味的温泉。眼泪归眼泪,但我并没有灰心,因为我知道:失败乃成功之母;因为我知道:我一定能成功。果不其然,在我的努力下,再一跃真的飞过了天堑……

"不经历风雨,怎么见彩虹,不经历失败,怎么走向成功,没有人能随随便便成功……"不要害怕失败,不要恐惧挫折。我们一定要坚信:只要我们不断努力就能取得成功。

让我们勇敢地面对挫折、面对失败,让我们用正确的方法去对待挫折、对待失败,成功一定就在不远处向我们招手。

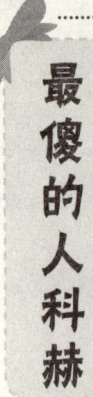

最傻的人科赫

1862年,德国哥丁根大学医学院的亨尔教授迎来了他的新学生。在对新生进行面试和笔试后,亨尔教授脸上露出了笑容,但他马上又神色凝重起来。因为他隐约感觉到这届学生中的很大一部分人是他教学生涯中碰到的最聪明的苗子。

推荐理由

他曾听话地抄写教授多年累积的论文手稿,而这样繁冗(rǒng)沉重的工作全部只有他一个人做。同学讥笑他是"最傻的人"。但他凭着自己一丝不苟的精神,严谨认真地对待医学研究,在人类历史上首次发现了结核菌、霍(huò)乱菌,在1905年荣获诺贝尔生理学与医学奖。他就是德国细菌学家科赫。

开学不久的一天,亨尔教授突然把自己多年积下的论文手稿全部搬到教室里,分给学生们,让他们重新仔细工整地誊写一遍。

当学生们翻开亨尔教授的论文手稿时,发现这些手稿已经非常工整了。所以几乎所有的学生都认为根本没有重抄一遍的必要,做这种没有价值而又繁冗枯燥的工作是在浪费自己的青春和生命。有这些时间,还不如发挥自己的聪明才智去搞研究。他们的结论是,傻子才会坐在那里当抄写员。最后,他们都去实验室里搞研究去了。让人想不到的是,竟然真有一个"傻子"坐在教室里抄写教授的论文手稿,他叫科赫。其实,科赫也不知道教授为什么要他抄写这些手稿,但他认为教授这样做应该有他的道理。同学们都开始取笑科赫,他们叫他"最傻的人"。

一个学期以后,科赫把抄好的手稿送到了亨尔教授的办公室。看着科赫满脸疑问,一向和蔼的教授突然严肃地对他说:"我向你表示崇高的敬意,孩子!因为只有你完成了这项工作。而那些我认为很聪明的学生,竟然都不愿做这种繁重、乏味的抄写工作。"

"我们从事医学研究的人,不光需要聪明的头脑和勤奋的精神,更为重要的是一定要具备一丝不苟的精神。特别是年轻人,往往急于求成,容易忽略细节。要知道,医学上走错一步,就是人命关天的大事啊!而抄那些手稿的工作,既是学习医学知识的机会,也是一种修炼心性的过程。"教授最后说。

这番话深深触动了科赫年轻的心。他意识到身为一名医学工作者的重大责任，在此后的学习和工作中，科赫一直牢记导师的话，他老老实实地做最傻的人，培养自己严谨的学习心态和研究作风。这种做事态度让他在人类历史上首次发现了结核菌和霍乱菌。而第一个发现传染病是由于病原体感染而造成的人，也是这位叫科赫的"最傻的人"。1905年，鉴于在细菌研究方面的卓越成就，瑞典皇家学会将诺贝尔生理学与医学奖授予了科赫。

如果把科赫的经历和你周围的人相印证，你就会发现一个令人深思的问题：那些成功者，并不一定是很聪明的人，但他们必定是傻傻地专注于同一事物从不动摇的人。

我的故事

古往今来，那些取得成功的，并不见得都是聪明的人，但绝大多数都是认真的人。认真，是一种务实的态度，也是一种求是的精神，更是一种踏实的干劲。生活中，我们遇到任何事情都应该认真对待，尽力做到最好。

学会做好一件事

小时候玩过一个游戏，俩小孩面对面，一个小孩捋（luō）起衣袖露出手臂，另一小孩用分开拇指和食指的双手从他的手腕起到肘弯止轮番掐捏，嘴里念念有词："工人，农民，解放军，干部，地主……"到肘弯就停止，如果是地主，于是就"噢喔"的大叫，说"糟呢，长大了要当地主"，于是那个被算出有地主命的小孩便一脸黯然。不过，往往俩小孩要好，想方设法都会在念到解放军时恰巧掐了肘弯的。现在想来，这游戏其实就是儿童早期的职业取向，是童年的梦想，当不得真的。当年玩这游戏的小孩究竟长大干什么了，很难说。反正当年被我算出当解放军的好像都没有当过兵，我也被算出了好几次当解放军，可我也与军营无缘。

这游戏倒是给我一个启示，那就是要真正做好一件事真的挺不容易的。多少人在儿时都有过美好的愿望，圣人教导我们从小就要懂得"修身、齐家、治国、平天下"，可真正有多少人能够把这九字箴（zhēn）言全做到呢？且不说大部分人做不到，就一般人而言，做到修身齐家已经很不错了。更多的人却是如小猫钓鱼一样，陷入被人诘责"一屋不扫何以扫天下"的境地，留下"心比天高，命比纸薄"的诸多笑柄。究其原因，就是做什么都三心二意难以投入，浅尝辄止，缺乏锲（qiè）而不舍的精神。

有成就事业的志向固然好，而为了志向百折不挠的精神则更令人钦佩。荀子说："不积小流无以成江海，不积跬（kuǐ）步无以至千里。"倾心做好一件件小事，养成善始善终的品性，即使不能成就惊天动地的伟业，却也不虚此生。

永远坐前排的撒切尔夫人

推荐理由

她谨(jǐn)记父亲的教诲"即使是坐公共汽车,你也要永远坐在前排",尽自己最大努力克服一切困难,做好每一件事情,事事必争一流。她就是英国第一位女首相,被世界政坛誉为"铁娘子"的玛格丽特·撒切尔夫人。

20世纪30年代,英国一个不出名的小镇里,有一个叫玛格丽特的小姑娘,自小就受到严格的家庭教育。父亲经常向她灌输这样的观点:无论做什么事情都要力争一流,永远做在别人前头,而不能落后于人。"即使是坐公共汽车,你也要永远坐在前排。"父亲从来不允许她说"我不能"或者"太难了"之类的话。

对年幼的孩子来说,他的要求可能太高了,但他的教育在以后的岁月里被证明是非常宝贵的。正是因为从小就受到父亲的"残酷"教育,才培养了玛格丽特积极向上的决心和信心。在以后的学习、生活和工作中,她时时牢记父亲的教导,总是抱着一往无前的精神和必胜的信念,尽自己最大努力克服一切困难,做好每一件事情,事事必争一流,以自己的行动实践着"永远坐在前排"。

玛格丽特上大学时,学校要求学5年的拉丁文课程。她凭着自己顽强的毅力和拼搏精神,硬是在一年内全部学完了。令人难以置信的是,她的考试成绩竟然名列前茅。

其实,玛格丽特不光是学业上出类拔萃(cuì),她

在体育、音乐、演讲及学校的其他活动方面也都一直走在前列,是学生中凤毛麟(lín)角的佼佼者。当年她所在学校的校长评价她说:"她无疑是我们建校以来最优秀的学生,她总是雄心勃勃,每件事情都做得很出色。"

正因为如此,40多年以后,英国乃至整个欧洲政坛上才出现了一颗耀眼的明星。她就是连续4年当选保守党领袖,并于1979年成为英国第一位女首相,雄踞(jù)政坛长达11年之久,被世界政坛誉为"铁娘子"的玛格丽特·撒切尔夫人。

"永远都要坐前排"是一种积极的人生态度,激发你一往无前的勇气和争创一流的精神。在这个世界上,想坐前排的人不少,真正能够坐在"前排"的却总是不多。许多人之所以不能坐到"前排",就是因为他们把"坐在前排"仅仅当成一种人生理想,而没有采取具体行动。那些最终坐到"前排"的人,之所以成功,是因为他们不但有理想,更重要的是他们把理想变成了行动。

一位哲人说过:无论做什么事情,你的态度决定你的高度。撒切尔夫人的父亲对孩子的教育给了我们深刻的启示。

> **我的故事**

一个人成功与否，取决于他的态度。撒切尔夫人就是怀着永远都坐前排的劲头，抱着一往无前的精神和必胜的信念，成为政坛上耀眼的明星。在学习和生活中，我们是不是也要积极进取，勇争第一呢？

态度决定一切

在人生的跑道上，一个人的态度就决定一切。

那是一次国际性的万米长跑，跑道上有三位选手正在比赛，他们是甲、乙、丙。甲是第一名，也是暂时领先者，乙是暂时的第二名，丙是暂时的第三名。他们的最后成绩将会如何？这就要由态度来决定他们的成绩。此时身穿运动服的甲跑在最前面，他得意洋洋地想：我也跑得太快了，跑慢一点吧，反正还有两只"小乌龟"在后面呢！于是，甲便放慢了脚步，不紧不慢地跑着；乙跑在第二位，乙望着甲，眼里流露出羡慕的目光，他一边喘着粗气，一边想：反正我也赶不上了，不如放弃吧！还是不跑了，这也让我省口气。说着，便沮(jǔ)丧地坐在路边的一块大石头上休息。而丙却跑在最后，虽然他已看见自己落后了，还是用力摆臂，加快步伐，挥汗如雨。丙一边跑，一边鼓励自己：快快跑，我还落后着呢！"人生能有几回搏，此时不搏何时搏？"态度好，就事事有成，我得赶紧跑呀！到最后冲刺的时候，丙快得像箭一样，最后拿到那一年的长跑冠军。这时候，全场的观众愣了一下，突然，全场爆发出一阵雷鸣般的掌声。你也许会问，甲不是一开始时遥遥领先吗？怎么现在却是最落后的丙拿冠军呢？这就是他们的态度问题，甲一开始是遥遥领先，但他却十分骄傲自满；而乙呢，他本来是可以成功，但他却自暴自弃；但是丙却知道自己的不足，并且想办法弥补，最后，他经过自己的一番努力成功了。

这不但是一次国际性的长跑比赛，而且是一次人生的长跑，也是一次态度的测试。请大家记住：态度决定一切。

"改行"的杨振宁

杨振宁，安徽省合肥县人，著名美籍华裔科学家、物理学大师、诺贝尔物理学奖获得者。1957年由于与李政道提出的"弱相互作用中宇称不守恒"观念被实验证明而共同获得诺贝尔物理学奖；其于1954年提出的规范场理论，则于70年代发展成为统合与了解基本粒子强、弱、电磁等三种相互作用力的基础；此外还曾在统计物理、凝聚态物理、量子场论、数学物理等领域做出多项卓越的重大贡献。

青年时期，杨振宁就很喜欢物理，而且想成为一名实验物理学家。

1943年，杨振宁在美国留学的时候，就立志要写一篇实验物理论文。于是，费米教授建议杨振宁可以先跟泰勒博士做些理论研究，实验则可以到艾里逊的实验室去做。

推荐理由

他从青年时期就很喜欢物理，留学美国时一心要写一篇实验物理的论文，可他的实验却经常发生爆炸，被同学讥笑："哪里有爆炸，哪里就有他。"后来他放弃实验物理论文而转向理论物理研究，最终摘取了1957年的诺贝尔物理学奖。他就是鼎鼎(dǐng)大名的杨振宁。

但是杨振宁在实验室工作的近20个月当中，物理实验进行得很不顺利。他在做实验的时候，经常会发生爆炸。当时实验室里甚至流传着这样一句笑话：哪里有爆炸，哪里就有杨振宁。最后，杨振宁不得不痛苦地承认：自己动手的能力确实比别人差！

被誉为美国氢(qīng)弹之父的泰勒博士，是杨振宁非常尊敬的前辈，他一直在关注着杨振宁。一天，泰勒博士关切地问杨振宁："你的实验是不是不大成功？"

"是的。"杨振宁诚恳地回答。

泰勒博士直率地对杨振宁说："我认为你不一定非要坚持写一篇实验物理论文。你已经写了一篇理论论文，我建议你可以把它充实一下，作为自己的博士论文。我可以做你的导师。"

听了泰勒博士的话，杨振宁心情非常复杂。他非常感激泰勒博士的关心，但要下定决心打消自己的念头又实在不是一件容易的事。一方面，他深深地感到自己做实验确实是力不从心；而另一方面，他又不甘心就这样认输，非常希望能通过写一篇实验物理论文，来弥补自己实验能力的不足。

杨振宁想了一会儿，恳切地对泰勒博士说："我想考虑一下。两天后再告诉您我的决定。"

杨振宁认真思考了两天。在这两天中，他想起在厦门上小学时的一件事：在一次手工课上，杨振宁认真而用心地捏了一只鸡，兴致勃勃地拿回家给爸爸妈妈看。爸妈看了，笑着说："很好，很好。是一段藕（ǒu）吧？"像这样的往事一件接一件地浮现在他的脑海里，他不得不承认，自己的动手能力实在不怎么样。

最终，杨振宁接受了泰勒博士的建议，放弃了写实验论文的决定。后来，他毅然把主攻方向转到理论物理研究，成绩斐（fěi）然。1957年10月，杨振宁与李政道联手摘取了该年的诺贝尔物理学奖。

我的故事

杨振宁放弃了实验物理论文,却在理论物理研究上取得巨大成功。这告诉我们,有时候懂得拒绝、舍得放弃是一种智者的态度,也是一种生活的艺术。生活是复杂多样的,而我们的精力是有限,这就需要我们学会选择和放弃。有时候,放弃并不意味着失败和退缩,放弃是为了找到更适合自己的路,找准自己的位置,在新的起点上重新开始。

学会放弃

每个人降生到这个世界上,便充满了无奈,充满了放弃。

我们不可能选择自己的性别,因为上天已经给你安排好这一切。

我们不可能选择自己的外貌、高矮、胖瘦,因为这一切都是由你的DNA决定的。

我们不可能选择自己的民族,因为这是你的父母决定的……

如果你是男孩你便放弃了女孩所拥有的,反之亦然。

如果你长的出众你便放弃了平凡的人所拥有的,反之亦然。

如果你拥有了中华民族的博大精深,你便放弃了美利坚民族的热情叛逆,反之亦然……

尽管如此多的无奈,使我们作出了如此多的放弃,但是面对着人生的十字路口,你又该做出如何的选择呢?中国古代哲人很早便在思考这个问题"鱼与熊掌不可兼得"。如何取舍?让我们回顾一下历史的足迹……

柏拉图正是放弃了对导师苏格拉底唯物论的信仰,创立了自己的唯心论,从此师徒二人有如日月在哲学史上交相辉映。

伽俐略放弃了自己的自由,誓死捍卫自己的学说,才使牛顿得以站在"巨人"的臂膀之上。

比尔·盖茨放弃了自己在哈佛大学的学位,投身商海,成就了二十世纪,人类世界的一个神话。

他们都作出了放弃,他们的放弃换来的是成功。但并不是每次放弃都意味着成功,其间必须经历的痛苦曲折是常人难以想像的。但是如果没有放弃便决不会有他们的成功。

梦里找到灵感的迪斯尼

推荐理由

一开始，沃尔特·迪斯尼几乎一无所有。他仅有的就是一点绘画才能和想象力，以及百折不挠、一定要成功的决心。最终，他成为了好莱坞(wū)最优秀的创业者之一，世界最成功的漫画大师。他创造的米老鼠成了家喻户晓的明星。

沃尔特·迪斯尼是顶级漫画大师，对绘画和描写冒险情节的小说特别感兴趣。他从小就有绘画天赋，尤其对漫画情有独钟，他喜欢漫画几乎到了痴迷的程度。

成年以后，他从自己的兴趣爱好出发，组建了一个"欢笑卡通公司"，通过"卡通片"打拼自己的天下。创业初期，卡通片题材只限于改编一些原有的传统故事，如《灰姑娘》、《爱丽斯漫游仙境》等。沃尔特认为，要想在卡通片市场有所作为，一定要推陈出新，创造出全新的卡通形象，这样才能吸引观众的目光。为了创造新的卡通形象，他常常手拿画笔，坐在书桌旁冥(míng)思苦想，草稿不断地被扔进废纸篓(lǒu)，但一直设计不出满意的卡通形象。于是他决定走出去，到外面寻找创作灵感。

仲夏的一天，听说加州要举办儿童玩具展销会，沃尔特特意坐火车赶往加州，希望从那里能获得一些启示。

夏日的骄阳，透过玻璃窗洒满了整个车厢，乘客们昏昏欲睡，沃尔特看了一会儿书，也有些困意了。不知不觉地闭上了眼睛，这时在他的眼前出现了一片绿草茵茵(yīn)的牧场，天空蓝蓝的，青青的草地上溪水环

绕,一只灰色酷似老鼠的小动物跃入眼帘,它在沃尔特眼前又蹦又跳,满脸笑意,显得机灵又顽皮。沃尔特想靠近它,它却"噌噌"地跳到了别处,一边还不时地回头东张西望,好像在对沃尔特说:"来呀,来呀,快来追我呀!"不一会儿,它又笑眯眯地蹦到沃尔特跟前,它好像很喜欢和沃尔特玩耍。这时,哐地一声,火车的临时刹车声使沃尔特睁开了眼睛,他这才知道是个梦。想到梦中那只

活泼可爱的老鼠形象,他马上来了灵感。沃尔特立即拿起画笔,在纸上画了起来,不一会儿,一只可爱的老鼠形象就跃然纸上。望着这只神气活现的小老鼠,沃尔特马上想到,若将这只老鼠作为新的卡通形象,一定会大受欢迎!

终于创造出了自己梦想中的卡通形象,沃尔特欣喜不已!后来,沃尔特将这只老鼠取名为米老鼠。

果然不出沃尔特所料,以米老鼠为主角拍摄的系列卡通片一上映,就在全美国引起了轰动,各大影院人头攒动,票房收入一路升高。沃尔特一夜之间成了妇孺(rú)皆知的名人,他的事业由此获得了空前的成功!

我的故事

兴趣是最好的老师，做自己熟悉喜欢的职业，就容易有所创造和发现。我们要善于捕捉灵感的火花，发挥想象力将兴趣和灵感结合起来，常常会出现令人惊喜的结果。兴趣还是我们学习的动力来源，它更能使我们在学习过程中，坚定克服困难的信心和决心。

跟着兴趣走

在姚明小时候，他的父母并没有刻意鼓励他把篮球当作自己将来的事业，他们只是让姚明做自己喜欢的事情。他们希望小姚明和普通的孩子一样读书、上大学、找工作，然后找到自己的生活方式。但姚明最终还是选择了篮球。后来他发现自己真的非常热爱篮球。

姚明、姚明的父母和他当年的老师、教练以及小伙伴都说，其实刚开始他并不喜欢篮球，对当年的他来说，篮球只不过是一种游戏。姚明的父亲姚志源说，小时候，姚明和其他男孩子一样，喜欢枪，后来爱看书，尤其爱看地理方面的书。有一段时间还对考古发生了兴趣，再往后，喜欢做航模。

姚明直到9岁的时候，才开始对篮球有点兴趣。到12岁时，他已经非常喜欢篮球这项运动了。父母把他送到上海体育学院，他在那儿每天都要打几个小时的篮球。由于姚明住校，离家的路途比较遥远，这使得他有更多的时间打篮球，他对篮球越发专注了。

萨博尼斯是姚明刚开始打球时的偶像。姚明喜欢萨博尼斯打球的方式——娴（xián）熟的运球，用不可思议的方式把球传给空位的队友，精准的中远距离投篮。每当他在场上时，他都会效仿他的偶像打球的方式。这些都使姚明对篮球更感兴趣，也使他打球的动力更足。可见，兴趣对一个人的个性形成和发展、对一个人的生活和活动有巨大的作用。

月光下的巴赫

推荐理由

巴赫自幼丧失双亲，与哥哥相依为命，家境十分贫寒。但生活的困窘并不能阻挡他对音乐的热爱和渴望。他历尽千辛万苦，长途跋涉拜师学艺，终于美梦成真，成为近代奏鸣曲的奠基者。

有一位少年，童年时期就失去了双亲，与他相依为命的哥哥也只能靠辛勤地演奏来赚取生活费，家境十分贫寒，生活很是艰苦。然而这一切都阻挡不了他对音乐的热爱和渴望，他准备去距家400公里外的汉堡拜师学艺。

他一路风尘仆仆，饿了啃干粮，渴了喝泉水，累了在农家的草垛旁或是马厩里歇一晚，历尽千辛万苦，终于走到了汉堡。

虽然来到了汉堡，音乐教师的收费却很昂贵，囊中羞涩的他无力支付，剩下的钱居然不够一星期的学费。他不愿就此放弃，跑遍了几乎所有的音乐课堂，忍受着嘲笑与讥讽，终于得到一位老师的认可，做了他的学生。

老师发现了他的天分，建议他去撒勒求学，那里才能给他真正系统的音乐训练。于是他再次踏上旅途，忍饥挨饿地走到撒勒。经过苦苦哀求，一位校长终于允许少年在音乐学校旁听。他欣喜若狂，以加倍的热情投入学习中去，天赋与勤奋使他很快脱颖而出。

少年渐渐不满足于手头简单的几套练习曲，他知道哥哥保存着很多著名作曲家的曲谱，回乡后便向哥哥提出了请求。为生活四处奔波的哥哥对弟弟的音乐功底并不了解。他语重心长地说："这些曲子我演奏了十几年还觉得吃力，你不要以为出去学了几天就了不起了，还是好好弹你的练习曲吧！何况，那么珍贵的曲谱，你弄坏了怎么办？"哥哥板着脸离开了，他却没有因此死心。

哥哥每到晚上都要出去演奏补贴家用，这时他就偷出哥哥珍藏的曲谱，用白纸一个音符一个音符地抄下来。因为家里很穷，点灯都是奢侈（shē chǐ）的事情，月朗星稀的晚上，他就爬到屋顶上，在明亮温柔的月光下抄写曲谱。曲谱的美妙使他沉醉其中，被困窘折磨的灵魂此时似乎插上了翅膀，在月光下任意翱翔。

一个夜晚，哥哥疲倦地归来。临近家门，他听到一段优美而哀婉（wǎn）的旋律，那是弟弟最后抄的那支管风琴曲的变奏。音乐在夜色中飘荡回旋，他不知不觉也被感染了，深为其悲。音乐如泣如诉，有身世坎坷的感叹，有遭遇挫折的伤悲，更有对美好理想的追求和对光明的无限渴望。哥哥站在月光下倾听着，不禁潸(shān)然泪下。他终于相信，弟弟的天分足以演奏好任何一支曲子。他走进屋，含着泪水轻轻搂住了弟弟，决定从此全力支持弟弟继续深造。

少年终于一偿夙(sù)愿，美梦成真——他就是近代奏鸣曲的奠(diàn)基者巴赫。

有人曾经问他，是什么支持着他走过那么艰苦的岁月？他笑着说："是屋顶上的月光。"

"屋顶上的月光"——他将所有的挫折都包含在这一简单而美丽的句子里。这不仅意味着他灵魂深处对音乐的热爱，而且充满感人至深的力量。

我的故事

理想是人生的太阳，没有理想的人生注定颓(tuí)废。一个支点，足以撬动一个地球；一份理想，便可辉煌整个生命。理想就像灯塔一样引领巴赫一路前行，让我们坚定自己的理想，为未来努力奋斗吧。

我的理想

每个人都有自己的理想，当然我也不例外。小时候，在我那小小的百宝箱中，也装着五彩缤纷的理想。今天我就打开我的百宝箱，把里面的宝贝一一拿给你看。

很小的时候，我就有了我的第一个理想——当一名女警察。小时候的理想现在想起来既可笑又幼稚。当时的我其实是喜欢上了女警察们漂亮的警服，和她们站在马路中央指挥交通时的飒爽英姿。可是不久，我的理想就发生了改变，因为我逐渐了解了当一名女警察的辛苦与困难。

于是，当一名画家成为了我的第二个理想。从小我就对绘画很感兴趣，很喜欢画画，经常自己画出一些"大作"，然后拿给爸爸妈妈看。爸爸妈妈得知我喜欢画画，马上就给我报了美术班。可能是因为小孩子贪玩儿的天性。上了美术班后的我变得不怎么喜欢画画了。甚至上美术课时逃课去和同学玩儿。就这样，我的第二个理想便又化为泡影。

直到我有了第三个理想时，我已经上了小学4年级。那时的理想是当一名老师。从小到大我接触过好多好多老师，有年龄大的、资历老的；也有年轻的、经验少的。但不管他们是什么样的老师，教哪一门学科，我都非常喜欢他们。将来也想象他们一样站在高高的讲台上给我的学生们授课。

如今我已经是一个六年级的学生了。快要步入中学的殿堂。如今的我，已不是一个什么都不懂的小孩子；如今的我，对一些事已有了自己独到的见解和想法。现在我的理想是做一个对社会有贡献的人。或许你会说，这并不算是什么理想。但是在这漫长的学习生涯中，我不敢肯定我的理想会不会再改变。但是我敢肯定的是，我始终不变的，就是要做一个对社会有贡献的人。

从跑堂到冠军的阿兰·米穆

推荐理由

他曾经贫穷到吃不饱饭,甚至没有鞋穿。但他并不因出身低微,家庭贫寒而萎靡不振。相反,面对挫折他自强不息,从咖啡馆跑堂一路跑进奥运会殿堂,他就是法国1万米长跑纪录创造者,多次在奥运会上夺得冠亚军奖牌的马拉松赛冠军阿兰·米穆。

米穆出生在一个相当寒酸的家庭。从孩提时代起,他就非常喜欢运动。可是,家里很穷,他甚至连饭都吃不饱。这对任何一个喜欢运动的人来讲都是颇为难堪的。

没有钱念书,于是米穆就当了咖啡馆里跑堂的。他每天要一直工作到深夜,但还是坚持锻炼长跑。他为了能进行锻炼,每天早上5点钟就得起来,累得脚跟都发炎脓肿了。总之,为了有碗饭吃,米穆是没有多少工夫去训练的。但是,他还是咬紧牙关报名参加了法国田径冠军赛。米穆仅仅进行了一个半月的训练。他先是参加了1万米冠军赛,可是只得了第三名;第二天,他决定再参加5000米比赛,幸运的是,他得了第二名。就这样,米穆被选中并被带进了伦敦奥林匹克运动会。

对米穆来说,这简直是不可思议的事情!他知道自己是代表法国的,他为此感到高兴。

但是,有些事情让米穆感到不快。那就是,他并没有被人认为是一名法国选手,没有一个人看得起他。比赛前几小时,米穆想请人替自己按摩一下,可是医生拒绝说:"请原谅,我的小伙计,我是派来为冠军们服务的。"

米穆知道，医生拒绝替自己按摩，无非就是因为自己不过是咖啡馆里一名小跑堂罢了。

那天下午，米穆参加了对他来讲具有历史意义的 1 万米决赛，为法国和为自己争夺到了第一枚世界银牌。当时法国的体育报刊和新闻记者在第二天早上便在边打听边嚷嚷："那个跑了第二名的家伙是谁呀？啊，准是一个北非人。天气热，他就是因为天热而得到第二名的！"瞧瞧，多令人心酸！

米穆感到欣慰的是，在伦敦奥运会 4 年以后，他又被选中代表法国去赫尔辛基参加第 15 届奥运会了。他再一次为法国赢得了一枚银牌。

随后，在墨尔本奥运会上，米穆参加了马拉松比赛。他以 1 分 40 秒跑完了最后 400 米，终于成了奥运会冠军！

他不用再去咖啡馆当跑堂了。可是，米穆却说："我喜欢咖啡，喜欢那种香醇，也喜欢那种苦涩……"

我 的 故 事

人生变化莫测，我们总会遇到各种挫折和磨难。面对挫折，是退缩不前还是勇敢面对，这就看我们自己的选择。不经历风雨怎么见彩虹？挫折并不可怕，只要我们乐观豁达地面对，自然能够战胜挫折，取得成功。

小蚂蚁的精神

夜深了，月光透进了窗扉(fēi)，撒了一地。我独自坐在书桌前，任凭眼泪叭嗒叭嗒地打湿那份分数少得可怜的试卷。

这次期末考试，我又是远远没有达到预想的结果。我委屈，为什么我付出了那么多，但每次连一点收获都没有。我怨老天不公，不觉又想起了那挑灯夜读的情景，又想起父母为我送来面包和牛奶的情景。为什么，为什么，难道我真不是学习的那块料吗？

算了，不去想它了，开灯看一看课外书吧。我拉亮了台灯，发现桌上的饼干渣在动。我推了推眼镜，想看个清楚，只见几只蚂蚁在搬这饼干渣，饼干渣一动一停，好像它们搬起来很费劲，真有意思！我拿来放大镜，想仔细看一看这些小东西。我还要给它们设点"障碍"。我将铅笔放在它们面前，只见它们要改变方向，结果被我用笔团团围住，看它们这回怎么办！我用放大镜仔细观察，一个带头的蚂蚁首先爬上了笔，它就像一个指挥官，陆续又有几只蚂蚁爬上来，它们想用力将饼干渣托过去，可是试了几次都没有成功，那只带头的蚂蚁将饼干渣抬起来，后面的蚂蚁用力推，就这样花了大约三十分钟，饼干渣终于被蚂蚁从铅笔上运了过去。

我突然领悟到，连这么小的蚂蚁面对挫折都毫不丧气，我们人类更应该敢于面对挫折。人生路上有风有雨，到处是荆棘丛生，只有我们去奋斗，去拼搏，才会有鲜花和掌声等待着我们。

从洗厕所开始的野田圣子

现今，日本国民中传颂着一个动人的小故事：许多年前，一个妙龄少女来到东京帝国酒店当服务员。这是她涉世之初的第一份工作，也就是说她将在这里正式步入社会，迈出她人生的第一步。因此她很激动，暗下决心一定要好好干！结果没想到上司安排她洗厕所！

洗厕所！实话实说没人爱干，何况她从未干过粗重的活儿，细皮嫩肉，喜爱洁净，干得了吗？洗厕所在视觉上、嗅觉上以及体力上都会使她难以承受，心理暗示的作用更是使她忍受不了。当她用自己白皙细嫩的手拿着抹布伸向马桶时，胃里立马"造反"，翻江倒海，恶心得几乎呕吐，却又吐不出来，太难受了。而上司对她的工作质量要求特高，高得骇人：必须把马桶抹洗得光洁如新！

她当然明白"光洁如新"的含义是什么，她当然更知道自己不适应洗厕所这一工作，真的难以实现"光洁如新"这一高标准的质量要求。因此，她陷入迷惑、苦恼之中，甚至哭过鼻子。这时，她面临着这人生第一步怎样走下去的抉择：是继续干下去，还是另谋职业？继续干下去——太难了！另谋职业——知难而退？人生之路岂有退堂鼓可打？在此关键时刻，单位的一位前辈及时地出现在她面前，帮她摆脱了苦恼。首先，他一遍遍地抹洗着马桶，直到抹洗得光洁如新；然后，他从马桶里盛一杯水，一饮而尽！他不用一言一语就告诉了少女一个极为朴素、极为简单的真理：光洁如新，要点在于"新"，新则不脏。同时，他送给她一个含蓄（xù）的、富有深意的微笑，送给她一束关注的、鼓励的目光。这已经够用了，因为她早已激动得几乎不能自持，从身体到灵魂都在震颤。她目瞪口呆，热泪盈眶，如梦初醒！她痛下决心：就算一生洗厕所，也要做一名洗厕所最出色的人！

从此，她成为一个全新的、振奋的人；从此，她的工作质量也达到了那位前辈的高水平，当然她也多次喝过厕水，为了检验自己的信心，为了证实自己的工作质量，也为了强化自己的敬业心；从此，她很漂亮地迈好了人生第一步；从此，她踏上了成功之路，开始了她的不断走向成功的人生历程。

几十年光阴一瞬而过，如今她已是日本政府的主要官员——邮政大臣，她的名字叫野田圣子。

野田圣子坚实不移的人生信念，表现为她强烈的敬业心，"就算一生洗厕所，也要做一名洗厕所最出色的人"。这一点就是她成功的并不神秘的奥秘所在；这一点使她几十年来一直奋进在成功路上；这一点使她拥有了成功的人生，使她成为幸运的成功者、成功的幸运者。

孟子说过："故天将降大任于斯人也，必先苦其心志，劳其筋骨……"这话看来真对！古往今来的无数事例都证实了这一规律。由此，可以说——上帝偏爱她，让她洗厕所。

即使野田圣子不是后来的邮政大臣，而是洗了一辈子厕所，我也由衷地敬佩她，因为她是一名洗厕所最出色的人。

我的故事

古人云"勿以善小而不为,勿以恶小而为之"。野田圣子从洗厕所开始,凭借精益求精,一丝不苟的精神,才能超越平凡,达到辉煌。让我们就从今天开始,从小事做起,只要我们把生活和工作中的每一件小事都做到完美,就能成就卓越了。

节约用电从身边的小事做起

近些天来,我经常在报纸和电视上看到像"近几个月因严重缺电而造成巨大的经济损失、"缺电给居民的生活带来很大的不方便"等种种缺电的消息。我原以为缺电的危害不会很大,可没想到却给大家带来这么大的影响,真的是出乎我的意料。所以我决心要做一个节约用电的小公民,我发现,原来节约用电是可以从身边做起,从一点一滴做起的。

夏天,天气炎热,频繁地开冰箱的门,从冰箱里拿棒冰等冷冻食品吃,这是最平常不过的事情了,但是经常打开门,冰箱的灯就会自动亮起来,冷气也会跑掉,耗电量非常大。减少开冰箱门的次数就是一种节约用电的好方法。因此,我尽量做到不去开冰箱的门。

我们家还有一个习惯是:有事没事都喜欢把所有的灯开着。现在想想,太浪费了,我简直是无地自容。现在,我都非常勤快地关灯,还督促爸爸妈妈及时关灯。这样就不会浪费电了。

爸爸看到我如此节约用电,也不甘落后。平常,他在家没事就打开电脑玩游戏,现在除了上网查查资料他都不开电脑了。

看!节约用电是可以从身边的小事做起的吧,让我们携起手来,为节约用电贡献自己的一份力量吧!

拥有"秘密武器"的贝克汉姆

推荐理由

贝克汉姆是足球场上的奇迹,能够踢出世界上最好的右路传中球,任意球和角球也是世界超一流水准,长传球犹如巡航导弹一样精确,然而令他取得精湛球技的秘密武器竟然就是一只破旧的轮胎。就是这只轮胎成就了一个举世瞩目的足球天才。

在1996年至1997年赛季曼联队客场挑战温布尔队的比赛中,曼联的一个年轻队员从中场附近一记60米开外的超远距离远射成功,技惊四座。他的这一入球在1998年被资深足球明星评选出的有史以来最精彩的3个入球中列第3位。从此,他走向了一条明星之路,成了能一锤定音的关键人物,并在1999年及2001年夺得世界足球先生的光荣称号。

他能够踢出世界上最好的右路传中球,任意球和角球也是世界一流水准,长传球犹如巡航导弹一样精准。加上帅气的外表和冷酷的眼神,使他成为足球场上的"万人迷"。

上面说的这个人,喜爱足球的人们都知道,他就是英格兰队的"灵魂"贝克汉姆,全名是戴维·约瑟·贝克汉姆。贝克汉姆在球场上司职右前卫或中前卫,最著名的是他右脚精准的长传、传中和极其出色的定位球,在俱乐部和国家队生涯中他都以此获得过大量助攻和进球。

当他以那令人不可思议的一记长传一举成名之后,人们一方面极力称赞、羡慕他的高超技艺,一方面也在

对不起,我不是故意的!

没关系啦,我家有超白汰渍洗衣粉啦!

努力探究他的这一绝活儿是如何练成的。

面对记者一次次好奇的提问，他总是笑而不答，这更加引起人们对这一问题的兴趣，纷纷猜测他一定有着不寻常的"秘密武器"。

然而这个秘密在一个非常偶然的机会里由他的父亲泰迪·贝克汉姆解开了。

一次，在贝克汉姆的家里，一个记者用异常神秘的口吻问起贝克汉姆少年时练球的经历，并且搬出了他的"秘密武器"这一老问题。老泰迪听了之后，不禁哈哈大笑起来。他带着记者来到他家的庄园里，指着远处一棵大树，那棵参天大树的树干上面挂着一只轮胎，长年累月的风吹日晒已经让这个轮胎变得破旧不堪。老泰迪指着破轮胎说，瞧，看到了吗？那就是他们说的"秘密武器"。

记者用大惑不解的眼光望着老泰迪，什么，你说什么？你没有搞错吧？

老泰迪说，我怎么会搞错，哪里会有什么真的秘密武器。那个旧轮胎就是他小时候练球的武器。他酷爱足球，为了练习射门的精确度，就把那个轮胎当成球门，日复一日、年复一年，从不同的角度不同的距离向那个小孔里面不停地踢，不停地射，如此而已。

真没想到答案竟是如此的匪夷所思，那么一只破旧不堪的破轮胎竟然成就了一个非凡的足球天才。

我的故事

书山有路勤为径，学海无涯苦作舟。古往今来，许多誉满全球的伟人，他们的成功无一不是滴滴汗水，步步脚印，靠着自己的勤奋钻研而得来的。只要我们勤奋刻苦，终会铸 (zhù) 就辉煌。

万事要勤奋

我们在做每一件事的时候，都要做到两个字——勤奋。

知道吗？一只蜜蜂要酿造1千克的蜜，必须采集100万朵花的花蜜，假若采蜜的花丛同蜂房间的平均距离为1.5千米，它们就得飞45万千米，差不多等于11个地球赤道长。蜜蜂的精神不就体现在"勤奋"二字上吗？

蜜蜂这么勤奋，难道我们人做不到吗？

其实，自古以来，人们就知道要勤奋，"勤能补拙"这一成语就是一些人的写照。

司马光在睡觉时用圆木做了个枕头，睡觉时只要一动，枕头就会滚开，他醒后就又开始学习、写作，就在这种精神下，他完成了《资治通鉴(jiàn)》的编纂。古时还有悬梁刺股、囊萤映雪、凿壁借光等等这样的故事，难道不是激励我们后人勤勉的好例子吗？

爱迪生说过，"天才是百分之九十九的勤奋加百分之一的天赋"。

细小的石子虽不显眼，却能铺出千里路，平凡的努力虽不惊人，却能攀登万仞 (rèn) 峰。勤奋是成功之本。然而勤奋意味着不怕苦，不畏难，勤奋还须持之以恒，"三天打鱼，两天晒网"，一曝十寒的做法是一时头脑发热，不能算是勤奋，真正的勤奋是耐得住寂寞，在寂寞中苦苦钻研。

每一个人只要在学习上刻苦勤奋，锲而不舍，就一定能成为有用的人才。我相信，我也能做到。

水滴石穿

记得小学一年级的时候，爸爸妈妈带着我去爬五台山。

我们从山脚出发，向中台攀登。沿着陡峭的山路刚爬了十几分钟，我就开始气喘吁吁 (xū) 了，感觉胸口闷得像要炸开了一样。就在我准备退缩的时候，我看见路边竖着一块牌子，上面写着"胜利只差一步！"于是，我鼓足劲头，努力向上攀登。到了半山腰，我已经筋疲力尽，又想撤了。就在这时一位拄着拐杖的白发老爷爷从我身边走了过去,我暗想,老爷爷都能上去,难道我就不行了吗?我咬紧牙关,一鼓作气登上了山顶。

中台是五台中的最高峰,站在山顶眼前豁(huò)然开朗。雪白色的云朵缠绕在半山腰,绿色的树林在白色的"地毯"下若隐若现。我深深地吸了一口新鲜空气,来到了一棵松树下,忽然,我发现了一块奇怪的石头,石头中间有一个洞,差不多把石头都穿透了,爸爸告诉我这叫做"水滴石穿"。

原来,这石头上的洞是小水滴一天一天滴出来的。我真不敢相信,柔软、细小的小水滴竟然能把坚硬的石头滴穿。

几年后的今天,我读到了这样一句话:"滴水能把石穿透,万事功到自然成。"我一下子明白了一个道理,只要我们坚持不懈,就能到达人生的最高峰!

第三章

每天进步一点点
——拥有积极进取的心态

理想分解法

白手起家的皮尔·卡丹

你今天学到些什么

每天给自己一个希望

用粉笔交谈

滴水可以穿石

学习是终身的事情

泥土与星辰

定格在玻璃窗上的阳光

没有一蹴而就的成功

一个真正的强者

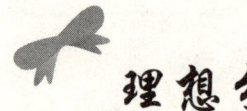

理想分解法

从前有一个叫希曼的年轻人,想成为一名歌唱家。于是在别人的建议下,前去一个著名的教授门下拜师学艺。

希曼向老师请教唱歌的经验,然后一本正经地坐在那里准备聆听。老师说:"你先学会放松,张开嘴巴,试着控制好气息,然后才谈得上学习唱歌。"希曼只得悻悻地回去了。回去后,希曼每天到山上练习怎样在完全放松的状态下唱歌。苦练了两年后,他感觉无论在什么情况下都能做到肌肉完全松弛了。于是他把这种情况告诉了老师,希望老师能够教他唱歌。老师说:"还不行,唱歌时你还得掌握准方法,学会在歌声里融入你自己的感情,然后再来告诉我。"接着,给了希曼三首歌,让他回家继续去练习。几天后,希曼练得有点儿不耐烦了,就对老师说:"我是来向您学习唱歌的窍门的,您能教给我一个一步到位的唱歌方法吗?"老师答道:"爬山时你见过有一步登上山顶的吗?"

毫无疑问,这个年轻人有一个很好的理想,但是,他不愿意为实现目标付出辛勤的汗水。其实树立远大的理想固然重要,但同时为了那个目标的实现应该一步一步地努力。一切的成功都源自长期的积累。好大喜功而不能切实地付出努力是不会成功的。只有将远大的理想分解开,把它化成一个个小任务,然后逐个攻克它,这样你就会发现,你在慢慢地朝最终的理想靠近。这样只要你一直努力,就能不断体验到快乐,迟早

迪普的发言

马克·吐温和世界著名的演说家迪普在一条船上不期而遇。航行途中,他俩都接到参加船上宴会的邀请。宴会后,马克·吐温首先发言。他讲了二十分钟,妙语连珠,满场轰动。

轮到迪普讲话时,这位赫赫有名的演说家站起身说:"主席阁下,先生们,女士们!宴会前,我和马克·吐温商定,互相交换我俩的讲话。他刚才的讲话就是我的,得到你们如此热烈的欢迎,我表示衷心感谢。但我遗憾地告诉各位,我忘了他讲话的要点,他要发的言,我一个字也记不起来了。"

有一天，你的远大理想必定能变成现实。

可是在生活中，如果你总是把理想定得太高，那么自己就会常常感觉到痛苦。因为如果你定的目标和理想过高，短期内又不能取得什么进展的话，这时你可能就会感觉很痛苦。越痛苦你越不甘心，越不甘心你就会感觉"黑夜"漫长。时间长了，你会觉得很累，渐渐地也会怀疑自己的能力。你可能觉得好像自己什么都做不好，其实事情并非如此，只是你太着急了。

把伟大的理想分解开吧，分解成一个一个的小灯塔，这样，每隔一段时间你就会看到一点儿光亮；一步一步走下去，你会感觉到离目标越来越近，每走一步你都会增强一些信心，成功就变得越来越真实。所以，学会化大为小，这样你就不会觉得太累。

读故事 长智慧

成功没有捷径，好高骛（wù）远的人只会眼光空茫而不切实际。许多人将成功的目标定得非常高，但又不愿意从小事做起，一心只盼望能够一步登天，结果，想获得的越多，往往得到的越少。只要我们把伟大的理想分解成一个个的小目标，脚踏实地，锲而不舍，量的积累才会达到质的飞跃，那么，成功就不再遥远。

白手起家的皮尔·卡丹

1922年7月2日，在威尼斯近郊一户贫苦农民家，皮尔·卡丹出生了。

皮尔·卡丹只有两岁多就随着母亲移居到法国的冈诺市。当时一战后世界经济萧条，万业荒废，工人失业率高。由于他的家庭十分贫穷，生活潦倒，供不起他继续读书，他只读了几年的书就辍学了。卡丹从小就表现出与逆境抗争的能力。为了生活，他到处找工作，17岁时，他到红十字会做工。凭着他的勤学和机敏，很快就当上了一名小会计。当会计的这段经历让他学会了一些经济方面的知识，如成本核算和经济管理的知识，这是卡丹人生经验的初步积累。在做会计的同时，他发现自己对裁剪的兴趣很浓厚。三年后，他到了一间服装店当学徒，几年的工夫，他已经熟练掌握了裁剪技术。这时的法国，已经开始恢复昔日的繁华，卡丹也被日渐浓厚的服装消费气息所熏陶，他决定要成为一个裁缝师。

皮尔·卡丹不断地拜师学艺，与同行互相学习，短短的几年工夫，卡丹已经是有一定技术实力的裁缝师了。但是，他缺乏的是名气。卡丹到处寻找各种机会，希望能使自己有一个转机。

这一天终于来了。1945年5月的一天晚上，他独自在维希郊外的一个小酒店里喝闷酒。当他要第三杯时，酒店里有一位落魄的老伯爵夫人向他走来。

原来这位夫人是冲着卡丹穿着的这套衣服来的，这身打扮很时尚，她想知道这套时装的来历，一问才知，这套衣服是卡丹亲手设计、裁剪并制作的。她情不自禁地脱口而出："孩子，你会成为百万富翁的，这是命运的安排。"原来，这位老夫人年轻时常出入巴黎上流社会，结识了许多服装设计大师和著名的时装店老板，巴黎帕坎女式时装店经理就是她年轻时的密友。于是，老人便把帕坎女式时装店经理的姓名和住址告诉了卡丹。临别时，她拍着卡丹的肩膀笑着说："苦恼什么，年轻人？"

老夫人的预言，竟然激起了卡丹埋藏已久的希望之火，帕坎时装店经理的名字和住址，简直就是一次从天而降的机遇。他暗暗发誓，振作精神，走向成功。

帕坎女式时装店是巴黎一家著名时装店,这家店时常为巴黎的一些大剧院缝制戏装。店老板得知伯爵夫人介绍一位外省的年轻人来求职,便亲自接待了卡丹,并对他进行了面试。使老板惊异的是,卡丹的裁缝手艺以及设计才能远远超出了他的想象。老板便毫不犹豫地雇用了卡丹。在这里,卡丹潜心于自己心爱的事业,刻苦钻研,拜师结友,可以说是如鱼得水。很快,卡丹就获得了巨大的成功,名门巨贾中开始流传着一个年轻人的名字——皮尔·卡丹。

不久,卡丹的两位好友鼓动他创立自己的时装公司。1950年,卡丹倾其所有,在巴黎开了第一家戏剧服装公司。这是卡丹大显身手的地方,也是卡丹帝国崛起的摇篮。

卡丹决意自己独立经营时装,并以自己名字的第一个字母"P"作为牌子亮出去。

经过卡丹的不懈努力,"P"字牌服装终于有了成就,赢得了以挑剔著称的巴黎顾客的喜爱。过去,人们瞧不起成衣,可是,卡丹的创造性设计逐步改变了人们的观念。

从20世纪60年代起,卡丹在设计上不断求新,探索进取,他设计的P字牌服装,走出法国,在世界深得人们喜爱,并享有一定声誉。卡丹服装行销世界,成为现代时装的名牌之一,它以"高尚、优雅、大方"著称。卡丹本人也为此三次荣获法国时装"奥斯卡"设计奖——金顶针奖,这是时装设计的最高奖,卡丹成为了世人瞩目的设计巨星,法国时装界的王中之王。

现在,皮尔·卡丹拥有了从设计加工到生产的庞大时装企业,"卡丹帝国"的主人皮尔·卡丹从原来两手空空的工人发展到现在不仅在法国拥有上百家分店,而且在世界上97个国家开设分店。经过30多年的努力,P字牌的服装成为超级名牌。今天,他拥有约10亿美元的资产。

读故事 长智慧

皮尔·卡丹出生在威尼斯近郊一户贫苦的农家,14岁辍学在一家小裁缝店里当学徒。17岁那年骑一辆破自行车前往巴黎。他从赤手空拳几乎是一无所有,到成为世界顶级服装设计大师,依靠的就是他那阳光般的积极心态,敢于和逆境抗争,不断进取,不断超越自己。在生活中,我们也不要满足于现状,勇敢地向前看吧!

你今天学到些什么

费利斯的父亲出身于贫苦农家,只读到五年级,家里就要他退学到工厂做工去了。

从此,世界便成了他的学校。他对什么都有兴趣,他阅读一切能够得到的书籍、杂志和报纸。他爱听镇上乡亲们的谈话,以了解人们世世代代居住的这个偏僻小村以外的世界。父亲非常好学,他对外面的世界充满好奇心,随后他远渡重洋来到美国。他决心要让他的每一个孩子都受到良好的教育。

费利斯的父亲认为,最不可宽恕的是我们晚上上床时还像早上醒来时一样无知。他常说:"该学的东西太多了,虽然我们出世时愚昧无知,但只有蠢人才永远如此。"

为了防止孩子们坠入自满的陷阱,父亲要孩子们每天必须学一样新的东西。而晚餐时间似乎是他们交换新知识的最佳场合。

他们每人有一项"新知"之后,便可以去吃饭了。

这时,父亲的目光会停在他们当中一人身上:"费利斯,告诉我你今天学到些什么。"

"我今天学到的是尼泊尔的人口……"

餐桌上顿时鸦雀无声。

费利斯一向都觉得奇怪,不论他所说的是什么东西,父亲都不会认为琐碎。

"尼泊尔的人口。嗯。好。"

接着,他父亲看看坐在桌子另一端的母亲。

"孩子他妈,这个答案你知道吗?"

母亲的回答总是会使严肃的气氛变得轻松起来。"尼泊尔?"她说,"我

非但不知道尼泊尔的人口有多少,我连它在世界上什么地方也不知道呢!"当然,这种回答正中父亲下怀。

"费利斯,"父亲又说,"把地图拿来,我们来告诉你妈妈尼泊尔在哪里。"于是,全家人开始在地图上找尼泊尔。

费利斯当时只是孩子,一点儿也觉察不出这种教育的妙处。他只是迫不及待地想走出屋外,去跟小朋友一起玩游戏。

如今回想起来,他才明白父亲给他的是一种多么生动有力的教育。在不知不觉之中,他们全家人共同学习一同长进。

费利斯进大学后不久,便决定以教学为终身事业。在求学时期,他曾追随几位全国最著名的教育家学习。最后,他完成大学教育,具备了丰富的理论与技能,但令他感到非常有趣的是发现那些教授教导他的,正是父亲早就知道的东西——不断学习的价值。

世上最奇妙的东西是人的学习能力,极小的知识点滴积累起来也可能对我们有益。生命有限,而学海无涯。我们成为怎样的人,决定于我们所学到的东西。每天都努力学点儿新的东西,这一天才称得上是没有白费。

读故事长智慧

生命有限而学无止境,人生就是一个不断进步不断学习的过程。并不是只有做出了举世无双的事业,才算得上成功。一位哲人曾经说过:最重要的不在于你是谁,而是要成为最好的你。在平凡的环境中,也可以历练本领,超越自我,成为一个杰出的人。我们要拥有积极进取的心态,不停地充实自己,每天学习一点点,每天进步一点点,积累起来,就是成功。

好孩子成长宝典 告诉大家，我是最棒的

每天给自己一个希望

有一位医生，素以医术高明享誉医学界，妙手回春挽救过很多身患重病的人。然而正当他的事业蒸蒸日上的时候，不幸降临在他的头上。就在某一天，这位医术高超的医生自己也被诊断患上了癌症。这对他不啻当头一棒。他的手，曾经把多少生命垂危的病人从死神手中抢夺回来，而如今死神却要带走他的生命。一度，他曾情绪低落，每天昏昏沉沉，觉得生命即将走到尽头了。但后来他不但接受了这个事实，而且他的心态也为之一变，变得更宽容、更谦和、更懂得珍惜他所拥有的一切。在勤奋工作之余，他也从没有放弃与病魔搏斗。就这样，他平安地度过了好几个年头，到现在，他依然活得很快乐。而且他在与病魔作斗争的时候从来没有停止过救死扶伤的医疗事业。有人惊讶于他的事迹，问是什么神奇的力量在支撑着他。这位医生笑盈盈地答道：是希望，几乎每天早晨，我都给自己一个希望，希望我能多救治一个病人，希望我的笑容能温暖每个人。

这位医生不但医术高明，做人的境界也很高。在这个世界上，有许多事情是我们难以预料的。虽然我们不能控制机遇，却可以掌握自己；我们无法预知未来，却可以把握现在；我们不知道我们的生命到底有多长，却知道自己该怎样选择生活；我们左右不了变化无常的天气，却可以适时调整我们的心态。只要活着，就有希望；只要每天给自己一个希望，我们的人生就一定不会失色。

每天给自己一个希望，哪怕这个希望小得不能再小，只要我们有信心有恒心去追求它去实现它，我们不但会收获快乐，还会让人生不断丰盈。每天给自己一个希望，就是给自己一个目标，给自己一点儿信心，给自己一点儿战胜自我的勇气。希望是什么？是引爆生命潜能的导火索，是激发生命激情的催化剂。每天给自己一个希望，我们将活得生气勃勃，激情澎湃（péng pài），哪里还有时间去叹息去悲哀，将生命浪费在一些无聊的事情上？

生命是有限的，但希望是无限的。只要我们不忘记每天给自己一个希望，我们就一定能够拥有一个丰富多彩的人生。

的确，每天给自己一个希望，会收获一天的快乐；同样，今生给自己一个大的理想，会拥有一生的精彩。

读故事 长智慧

这位医生在病魔来临时情绪低落，接受了现实之后，他变得更宽容、更谦和、更懂得珍惜他所拥有的一切。在勤奋工作救死扶伤之余，积极与病魔搏斗，到现在依然活得很快活。时间对每个人都是公平的，不管我们开不开心，一天都要过 24 个小时。所以当我们面对挫折和烦恼的时候，何不给自己一个希望，为自己展现一个生机勃勃的世界呢？

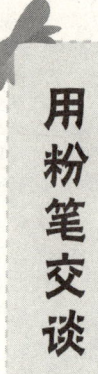

用粉笔交谈

她站在讲台上,不时地挥舞着她的双手;仰着头,脖子伸得好长好长,与她尖尖的下巴扯成一条直线;她的嘴张着,眼睛眯成一条线,诡谲地看着台下的学生;偶尔她也会咿咿呀呀的,不知在说些什么。基本上她是一个不会说话的人(只是语言上),但是,她的听力很好,只要对方猜中,或说出她的意见,她就会乐得大叫一声。

她就是大名鼎鼎的迪娅(yà)茨(cí),一位自小就染上小儿麻痹(bì)症的病人。命运对她是如此残酷,父母还没有从她得小儿麻痹症的阴影中走出来,上帝又剥夺了她发声讲话的能力。从小她就活在诸多肢体不便及众多异样的眼光中,她的成长充满了血泪。然而她没有被这些外在的痛苦击败,在祖母信任的目光中,她昂然面对,她以常人难以想象的行动,迎向一切的不可能,终于天道酬勤,她获得了加州大学艺术博士学位。她用她的手当画笔,以色彩告诉人"我比一些健康的人,生活得更为快乐",并且灿烂地"活出生命的色彩"。全场的学生都被她不能控制自如的肢体动作震慑住了。这是一场倾倒生命、与生命相遇的演讲会。"请问迪娅茨博士",一个学生小声地问,"你从小就长成这个样子,请问你怎么看你自己?你没有怨恨吗?"这位学生的老师心一紧,真是太不成熟了,怎么可以在大庭广众之下问这个问题,太伤人了。"我怎么看自己?这位小朋友问得真好,也就只有你们这些小鬼才敢问我这样的问题。"迪娅茨用粉笔在黑板上重重地写下这些字。她写字时用力极猛,整块黑板此时都有些颤抖,写完这个问题,她停下笔来,歪着头,回头看着发问的同学,然后嫣(yān)然一笑,回过头来,在黑板上龙飞凤舞地写了起来:

我觉得自己非常好,我有这么多的优点,为什么要难过呢?

一、我好可爱!

二、我的腿很长很美!

三、爸爸妈妈这么爱我!

四、朋友们这么爱我!

五、上帝这么爱我!

六、我会画画!我会写稿!

七、我有只可爱的小狗!

八、还有……

九、……

也许,现在你们很难理解,不过当你们到了我这个年纪的时候,你们想起这些,才会彻底明白我此刻的想法。

忽然,教室内鸦雀无声,没有人敢讲话。她回过头来定定地看着大家,再回过头去,在黑板上写下了她的结论:"我只看我所有的,不看我所没有的。"

掌声由学生群中响起,迪娅茨倾斜着身子站在台上,满足的笑容从她的嘴角荡漾开来,眼睛眯得更小了。一种永远也不会被击败的傲然,写在她脸上。小学老师坐在位子上看着她,不觉眼睛湿润起来。走出教室,迪娅茨写在黑板上的结论,一直在他的眼前跳跃:"我只看我所有的,不看我所没有的。"许多年过去了,小学老师想,这句话将永远刻在自己的心上。

读故事 长智慧

迪娅茨自小就染上小儿麻痹症,失去了肢体平衡感,之后又因疾病丧失了说话发声的能力,她的成长可以说是充满了血泪。但她没有被这些外在的痛苦击败,她以常人难以想象的行动力,获得了加州大学艺术博士学位,灿烂地活出生命的色彩。疾病可以夺走健康,但夺不走的是一个人积极乐观的心态。肯定自我,并不是要我们妄自尊大,而是发现自己的优点,肯定自己的价值,善于自我表扬,活出真我的精彩。

滴水可以穿石

"水真能穿石吗?"孩子一脸天真无邪但又疑惑地问。

妈妈的思绪又被勾回到从前。她想起了八年前那个夏日的午后,天正下着雨。依旧是在这间屋子里,孩子一脸泪痕地坐在钢琴前,将琴盖重重地打下,赌气地哭着说:"我再也不练钢琴了,再也不练了!"正在整理屋子的她吃了一惊,但仍笑着问他:"为什么呀?怎么才练几天就不练了?"孩子一下子就扑在琴盖上哭得更令人揪心,说:"我再怎么练也练不好,我是笨蛋。"她一下子就明白了,因为家里没有钱请老师,她只好带着孩子偷偷到钢琴班的教室外"旁听",但总是被赶出来;由于孩子看不见乐谱,她只能将乐曲录在磁带上,用捡来的录音机一遍遍放给孩子听,可音质太差而且断断续续……

她轻轻走过去将正在哭泣的孩子温柔地搂在怀里,用手慢慢地抚摸着孩子,用温柔的声音讲了一个故事:"很久很久以前,小水滴和大石块比试谁更强,小水滴说自己能击透大石块,大石块轻蔑地笑起来。水滴没有理会大石块的嘲笑,只是坚持不懈地一直滴下去……终于水滴石穿,小水滴凭自己的坚持和努力打败了不可一世的大石块。"孩子渐渐止住了哭声,问:"妈妈,滴水真能穿石吗?"她用手轻轻揩去孩子眼角的泪花,笑道:"当然能,听,屋外的雨正敲击着大石板,唱着胜利的歌呢,大石板都已经有了一个小窝窝了。当你站上舞台的那一天,小水滴就一定会让它穿透的,只要你和小水滴一起坚持,一起努力,加油哦……"孩子破涕(tì)为笑,点点头,而她的眼里此时却噙(qín)满了泪水……

"妈妈,说话呢。""哦,"她回过神来,努力忍住自己快要夺眶(kuàng)而出的泪水,"当然能,什么事只要坚持和

奇特的演讲

美国发明家莱特兄弟善于思索却不善于交际,尤其讨厌演讲。有一次在某个宴会上,酒过三巡,主持人请大莱特发表演说。

"这一定是弄错了吧!"大莱特说:"演说是归舍弟负责的。"

主持者转向小莱特。于是小莱特站起来说道:"谢谢诸位,家兄刚才已经演讲过了。"

专注就没有办不了的。你也是一样的哦,加油!妈妈相信你!"孩子笑着点了点头,转过身去。悠扬的琴声又继续穿梭在雨帘之中,不时夹杂着的音质不纯的磁带声音也显得欢快起来。

两年后,同样是在一个雨天。孩子站在万众瞩目的明亮舞台上,在如潮水般的掌声中接过了那个他梦寐以求的金色奖杯。那一刻,孩子漆黑的心中第一次见到了阳光,那种同微笑一样温暖的东西。但此时,孩子的耳畔没有了掌声、祝贺声、欢呼声,他只听到了一个声音,一个也只有他和坐在台下饱含热泪的妈妈才能听到的天籁之音——水滴石穿的声音,那么执著,那么坚强,那么勇敢的声音。他那双无神的眼此刻竟变得明亮起来,不知是因泪水,还是……

那天,孩子演奏的曲目是他自己谱的曲,名字叫《水滴石穿》。

读故事 长智慧

成功源于积累。小水滴虽然柔弱,但只要持之以恒,也能击穿坚硬的石头。如果我们坚持不懈地努力,相信即使是金石也能够被打穿。我们要做一个真正耐心的人,以执著的信念把精力投入到既定的目标中,终将战胜前进道路上的诸多困难,一步步向成功的人生目标靠拢。在日常的学习中只要我们坚持多读多看多想多记,一定能够学业有成,掌握一技之长,立足社会。

学习是终身的事情

这是美国东部一所大学期终考试的最后一天。在教学楼的台阶上,一群工程学高年级的学生挤做一团,正在讨论几分钟后就要开始的考试,他们的脸上充满了自信。这是他们参加毕业典礼和工作之前的最后一次测验了。

一些人在谈论他们现在已经找到的工作,另一些人则在谈论他们将会得到的工作。带着经过四年的大学学习所获得的自信,他们感觉自己已经准备好了,并且能够征服整个世界。

他们知道,这场即将到来的测验将会很快结束,因为教授说过,他们可以带他们想带的任何书或笔记。要求只有一个,就是他们不能在测验的时候交头接耳。

他们兴高采烈地冲进教室。教授把试卷分发下去。当学生们注意到只有五道评论类型的问题时,脸上的笑容更加扩大了,纷纷埋头答题。

三个小时过去了,教授开始收试卷。学生们看起来不再自信了,他们的脸上是一种恐惧的表情。没有一个人说话,教授手里拿着试卷,面对着整个班级。

他俯视着眼前那一张张焦急的面孔,然后问道:"完成五道题目的有多少人?"没有一只手举起来。

"完成四道题的有多少?"仍然没有人举手。

"三道题?两道题?"学生们开始有些不安,在座位上扭来扭去。

"那一道题呢?"当然有完成一道题的人,但是整个教室仍然很沉默。

教授放下试卷,"这正是我期望得到的结果。"他说,"我只想要给你们留下一个深刻的印象,即使你们已经完成了四年的工程学习，关于这项科目仍然有很多的东西你们还不知道。这些你们不能回答的问题是与每天的普通生活实践相联系的。"

然后他微笑着补充道："你们都会通过这个课程，但是记住——即使你们现在已是大学毕业生了，你们的教育仍然还只是刚刚开始。"

随着时间的流逝，教授的名字已经被遗忘了，但是他教的这堂课却没有被学生们遗忘。

笛卡儿曾经说过："我的努力求学没有得到别的好处，只不过是愈来愈发觉自己的无知。"我们的人生就像一个圆圈，圆圈里面是我们已经学到的知识，圆圈外面是未知的世界。随着我们知识的增多，圆圈越来越大，而所面临的外界未知的范围也会越来越大。人生就是一个不断学习，不断进步的过程。

> **读故事 长智慧**
>
> 学习是一件终身的事情，毕业并不代表着学习的终止。我们在学校里最重要的是掌握学习的能力，走出校门，社会更是一个广阔的大课堂，有很多知识值得我们学习。生命不息，学习不止。人生需要不断地自我充实，自我提高。世界纷繁复杂，我们每天都会面对许许多多新奇的事情。今天，你学到了些什么呢？

泥土与星辰

塞尔玛是美国一个很普通的妇女，嫁给了一个军人，随丈夫生活。

丈夫的部队到边境的一块沙漠地区驻防，住的是铁皮房，天气十分炎热，在仙人掌的阴影里，气温高达华氏一百二十五度。与周围的印第安人、墨西哥人言语不通，她没有一个可以交谈的朋友。更为糟糕的是，不久，丈夫又奉命进入沙漠腹地执行一项任务，只留下她孤身一人。因此，她经常以泪洗面，度日如年。

怎么办呢？她决定写封信给父母，希望回到娘家生活。

塞尔玛盼啊盼，终于盼到了父母的回信。她拆开一看，大失所望。父母亲既没有安慰她几句，也没有同意让她回去。那封信只有薄薄的一张纸，纸上写着一行字："两个囚犯从监狱的铁窗往外看，一个人看到的是泥土，一个人看到的却是星辰。"

塞尔玛感到很失望，还有几分生气，怎么父母亲回这样一封信，完全不把她放在心上。但她反复读了几遍信上的话，觉得那话意味无穷。她突然觉得仿佛有一缕阳光，照进了她灰暗的心灵，一直紧皱的眉头也舒展开来。

是呀，她就像那个只看到泥土的囚犯，对生活失去信心。为什么不抬起头来，看看天上的星辰呢？

夜里，她走出铁皮房子，抬头仰望星空。沙漠的天空，比任何地方看上去都要清澈、明亮，无数的星辰像宝石一样，熠熠（yì）闪光，美不可言。

塞尔玛笑了，自己天天生活在这里，为什么不曾发现这美好的所在？

接下来，塞尔玛像变了一个人似的。

她开始主动和当地的印第安人、墨西哥人交朋友，结果令她十分欣喜。因为她发现他们都十分好客、热情，慢慢地与他们成了好朋友，他们送给她许多珍贵的陶器和纺织品作为礼物。

她开始研究沙漠中的仙人掌，一边研究，一边做笔记，没想到那些仙人掌是那么千姿百态，那样使人沉醉着迷。

她开始欣赏起沙漠的日落日出，她感受沙漠的海市蜃（shèn）楼，享受着新生活带给她的新奇与快乐。

她觉得生活完全变了，仿佛每天都沐(mù)浴在春光之中，置身于开心的欢笑里。

若干年后，塞尔玛随丈夫转业，回到内地城市生活。塞尔玛将自己在沙漠生活的经历写成了一本书，取名《快乐的城堡》，受到读者的欢迎。

读故事 长智慧

塞尔玛跟随丈夫的部队驻防到边境的一块沙漠地区，气候炎热干燥，住房简陋，又与当地的居民语言不通，让她觉得孤单寂寞。但她后来积极地看待周围的一切，发现沙漠生活也有美好的一面。世界在悲观厌世的人眼中就是一片荒芜的泥土，而在乐观积极的人眼中就是那无比璀璨的星辰。如果我们拥有阳光的心态，那么就会发现黝黑的泥土也能奇迹般发出耀眼的光芒。

定格在玻璃窗上的阳光

一个漂亮的小女孩依偎在妈妈身边，在她们家中的阳台上悠闲地晒太阳。那是一个风和日丽的星期天上午，柔和的阳光透过阳台的落地大玻璃窗倾洒在母女俩的身上，妈妈的脸上写着安宁，小女孩的心中溢满了幸福。

忽然，妈妈问小女孩："孩子，你仔细观察一下，玻璃窗上有什么？"伶俐的小女孩马上意识到，这是妈妈在锻炼自己的观察能力。于是，小女孩格外仔细地观察玻璃窗。然后，她对妈妈说："玻璃窗上有一个黄豆粒大的小泥点，不仔细看，还发现不了呢！"

出乎意料的是，妈妈没有首肯小女孩的观察结果，而是反问道："除了那个小泥点，玻璃窗上还有什么？"小女孩再次打量玻璃窗，几近一寸一寸地扫描观察，然后她再度肯定地回答："玻璃窗上除了那个小泥点，没有别的东西了！"

妈妈徐缓地提示："孩子，一个小泥点就锁住了你全部的视线，而比那个小泥点多十倍百倍的阳光投射在玻璃窗上，你为什么视而不见呢？"小女孩恍（huǎng）然大悟："是呀，除了那个小泥点，玻璃窗上还有大片大片的阳光啊！"

接着，妈妈拉上了厚厚的窗帘，阳光被遮挡在窗外，室内顿时昏暗起来。小女孩十分不解，大白天为什么要拉上窗帘？妈妈的提问声又一次响起："孩子，现在你再看看玻璃窗上有什么？"

"玻璃窗上没有了阳光，阳光被一片黑暗代替了。不，妈妈，我还没有说完，在玻璃窗的右侧还有一线阳光，虽然面积不大，但是那一线窄窄的阳光在昏暗中显得格外明亮！"

小女孩说得没错，妈妈在拉上窗帘的时候，并没有完完全全地拉严,而是在窗户的右侧特意留下了一条窄窄的缝隙,明媚的阳光正是从那条窄窄的缝隙中穿越而入,仿佛一线希望在黑暗中闪耀。妈妈抚摸着小女孩的头,欣慰地说:"孩子,你长大了!"

于是,那个星期日的上午,那扇玻璃窗上的阳光,定格在了小女孩的心灵深处。

后来,小女孩长大了,步入商界,成为一名优秀的职业经理人。公司董事会对她的评价是:待人处世周到全面,从不以瑕掩玉;极其善于在困境中发现希望,并找到解决的办法。在我们的人生中,希望就像那定格在玻璃窗上的阳光,只要我们不因一个小泥点,就对它视而不见,也不因身陷黑暗,就蒙上自己的眼睛,那定格在玻璃窗上的阳光,便能与奋进的心灵相随致远。

读故事 长智慧

面对困境,悲观绝望的人总是只盯着玻璃上的泥点,而乐观积极的人却能透过昏暗的玻璃看到外面明媚的阳光。生活中,不要因为一片树叶的飘落而无视整片森林的存在,不要因为一朵花儿的凋谢而悲伤春天的消逝。希望就像那定格在玻璃窗上的阳光,我们不能被泥点锁住视线而忽略了整个灿烂的世界。

没有一蹴而就的成功

上个世纪最初的几十年里,在太平洋两岸的美国和日本,有两个年轻人都在为自己的人生努力着。

日本人每月雷打不动地坚持把工资和奖金的三分之一存入银行。美国人则躲在狭小的地下室里,把美国证券市场有史以来的记录搜集到一起,一头扎进了数字堆里,在那些杂乱无章的数据中寻找着规律性的东西。

这样的情况在两个年轻人的世界里各自延续了六年。六年的时光里,日本人靠自己的勤俭积蓄了五万美元的存款;六年的光阴里,美国人集中研究了美国证券市场的走势与古老数学、几何学和星象学的关系。

六年后,日本人用自己节衣缩食积累财富的经历打动了一名银行家,从银行家那获得一百万美元的贷款,创立了麦当劳在日本的第一家分公司。他叫藤田田,一个靠从牙缝中挤钱,从而跻身亿万富豪行列的普通电器公司的员工。

同样是在六年后,美国人成立了自己的经纪公司,并发现了最重要的有关证券市场发展趋势的预测方法,他把这一方法命名为"控制时间因素"。在接下来的金融投资生涯中,他赚取了五亿美元的财富,成为华尔街上靠研究理论而白手起家的神话人物。他叫威廉·江恩,如今,他的理论被译成十几种文字,成为世界各地金融领域从业人员必备的知识。

在现实世界里,每个年轻人都有梦想,都渴望成功,然而眼高手低、

性格与教养

英国作家哈尔顿为编写一本题名《英国科学家的性格和教养》的书，探访了达尔文。

"您的专门成就有哪些？"

"没有。"

"您的主要缺点？"

"不懂数学和新的语言，缺乏观察力，不善于逻辑思维。"

"您的治学态度？"

"很用功，但没有掌握学习方法。"

志大才疏往往是阻碍年轻人成功的最大的障碍。

许多年轻人看到的只是成功人士功成名就时的辉煌，却往往忽略了他们在此之前所付出的艰苦卓绝的努力。而事实上，人世间没有一蹴而就的成功，任何人只有通过不断地努力才能凝聚起改变自身命运的爆发力。

大的成功需要积累，这是一条最原始也是最简单的真理。

读故事 长智慧

许多立志要成功的人，往往会有这样一种认识：既然选择了成功，那就应该做轰轰烈烈的大事，不应该大材小用地去做一些任凭谁都能做的小事。这是一种错误的认识。古人云："不积跬步，无以至千里。"世界上没有一蹴而就的成功，每个成功人士的背后几乎都有一段艰苦卓绝的奋斗历程。临渊羡鱼，不如退而结网。与其羡慕别人的成功，不如我们从现在就开始朝自己的目标努力吧。

一个真正的强者

丹尼斯·罗杰斯上高中时只有1.5米的身高，36公斤的体重，是一个地道的"矮子"。他的脊柱有些弯曲，整个上身看上去弯成一个问号的样子，那也是他面向自己将来人生的疑问："我是谁？我将来能干什么？"他不知道。唯一确知的事是：自己是一个矮子，他的身高连普通标准都达不到。

由于罗杰斯身材矮小，势单力薄，学校体育队的队员们老叫他"矮子"。他们常拿他取笑。知道他打不过他们，便常来欺负他，故意绊倒他，抢他手里的书。罗杰斯经常生活在被恐吓的阴影之中。而且，学校里每一个人都可能是潜在的恐吓者。体育课是让他最难受的一门课，有竞赛的项目，哪一方也不愿要他，他常像皮球一样被踢来踢去。

一天，老师把罗杰斯叫到一边："丹尼斯，我们决定替你转一个班，从现在起，你到特殊教育班去上课吧！"

"特教班？可那是为残疾学生开的班呀！"

"我很抱歉，"他说，拍拍罗杰斯的肩膀，"但是我们是为你着想。"

放学了，罗杰斯回到家，"砰"地一声关上房门，在镜子前仔细端详自己：弯腰驼背，手臂细得像牙签。他失望地倒在床上。"为什么？为什么我会长成这样？"罗杰斯站起身来，望着父亲在院子里干活的身影发呆。父亲虽然也是小个子，却曾在海军里服过役，人虽矮小，但身上肌肉发达，没人敢欺负他。罗杰斯暗自下了决心。

父亲帮助他自制了一个举重用的杠铃。每天晚上，他都到楼下的储藏室去练习举重。一次次地，罗杰斯逐渐能举起杠铃了。他又不时往上加重量，往往一次加上5磅，他必须要拼足全部力气才能举起来。对罗杰斯来说，这不仅仅是举杠铃，这是向自我挑战。他要改变自己弱不禁风的形象。但不管罗杰斯能举多重，他总觉得自己仍然不行，因为他的个子太小。怎么办？他狂吞富含蛋白质的牛奶、鸡蛋等营养品，在各种健美杂志中去寻求帮助。6个月后，在罗杰斯17岁生日的这一天，他仍然只有1.52米高，体重40公斤。

父亲替人做船上用的帆布帐篷。罗杰斯常帮父亲干活。一天，他把一卷帆布从汽车里搬到山坡上的工场去。这卷帆布大概有6英尺长、80多公斤重。他把它扛上肩，往前迈了一步。哟！真重！但是，他不能扔下！他跟跟跄跄地爬上山坡，累得满头大汗。但是，最终他一个人把这卷帆布扛上了山坡！他惊讶不已，简直不敢相信自己的锻炼已经初见成效！

罗杰斯便做了一个实验：在杠铃上放上迄今为止能举起的重量，然后再加上额外的50磅。"不要去想你的个子，"他告诉自己，"举就是了，你能行。"他举了，居然举起来了！他知道为什么自己能举起这么重的东西了。过去，他总认为自己的个子小，越是这样，就越是限制了自己潜能的挖掘，更说不上发挥了。

从此，罗杰斯开始正规地学习举重，每天都去体育馆训练。他的肌肉增加了，力气增大了，微驼的脊背伸直了。有不少在这里锻炼的人都爱掰手腕，他也加入进去。最初，当罗杰斯在他们面前坐下的时候，他们都以嘲笑的眼光看着他。罗杰斯不理会这些，他把他们一个一个地都打败了。但是，罗杰斯输给了一个叫鲍勃的人。

一天，罗杰斯在健美杂志上看见一则东海岸将举行掰手腕比赛的广告，欢迎各路精英参加。他告诉鲍勃，自己也想去参加比赛。

"想都别想，"鲍勃说，"那都是一些专业人士，他们一年到头都在训练。弄不好，你还会受伤的。"

罗杰斯不相信，他走进了东海岸掰手腕比赛的现场。罗杰斯遇到了同样轻视嘲笑的目光。然而，他打败了所有的对手。比赛结束的时候，罗杰斯成了比赛的冠军，一个真正的强者。

读故事 长智慧

罗杰斯身材矮小，势单力薄，被学校体育队的队员们取笑为"矮子"，受尽同学的欺负和恐吓。为了改变弱不禁风的形象，他天天练习举杠铃，锻炼肌肉力量，向自我挑战，终于成为大力士，打败了掰手腕比赛的所有选手。真正的强者战胜别人的武器，并不是身高，而是自己那不屈不挠的意志。当一个人精神萎靡不振的时候，即使身体长得再高，也只是一个精神上的矮子。

坚持不懈，持之以恒

"坚持不懈，持之以恒"是我读《五分钟热度》后得到的感受。

《五分钟热度》是新加坡小朋友谭丽芬写的。文章写她二姐不管做什么事情都只有"五分钟热度"。看到身边的人集邮，她便立刻去买来集邮册到处搜集邮票，但是没两天，就把集邮册丢在一边。学写毛笔字，买了砚台、墨汁、毛笔和几十本九宫格的本子，没写几天，这些东西又成了废物。

从这个同学身上，我似乎看到了自己的影子。我也喜欢写毛笔字，可爷爷给我买的大仿本，我没写几页就丢在一边，一个字也没练好。我每次到书店看到好书，就让爸爸妈妈给我买，可买回来了看了几页就又丢到一边了，结果书买了一大堆，没一本能完整地看完的。就是去看科技展览也不专心，妈妈常常说我贪新鲜，朝三暮四，做事虎头蛇尾，不能持之以恒，看上去好像学了不少，可是事事不通，最后也就是竹篮子打水一场空。

自从读了这篇文章后，我知道了虎头蛇尾的害处，决心改正错误。寒暑假时我每天坚持写一页钢笔字，每天读一篇优秀的作文。一段时间下来，硬笔书法和作文水平都有所提高。我要继续发扬这种精神，今后无论做什么都要一钻到底，坚持不懈，决不半途而废。

第四章

我是最棒的
——拥有自信的心态

自信的价值

假装成功

只要做起来

永远不说你是做不到的

成功的前提

永不消失的自信

扶人一把

有一个人可以帮你

不再忧郁的艾米丽

自信就是最美的舞姿

一块石头

自信的价值

2001年5月20日，美国一位名叫乔治·赫伯特的推销员，成功地把一把斧子推销给了小布什总统。布鲁金斯学会得知这一消息，把刻有"最伟大推销员"的一只金靴子赠予了他。这是自1975年以来，该学会的一名学员成功地把一台微型录音机卖给尼克松总统后，又一学员登上如此高的门槛。

布鲁金斯学会创建于1927年，以培养世界上最杰出的推销员著称于世。它有一个传统，在每期学员毕业时，设计一道最能体现推销员能力的实习题，让学生去完成。

克林顿当政期间，他们出了这么一个题目：请把一条三角裤推销给现任总统。8年间，有无数个学员为此绞尽脑汁，可是，最后都无功而返。克林顿谢任后，布鲁金斯学会把题目换成：请把一把斧子推销给小布什总统。

鉴于前8年的失败与教训，许多学员知难而退，个别学员甚至认为，这道毕业实习题会和克林顿当政期间一样毫无结果，因为总统什么都不缺少，再说即使缺少，也用不着他们亲自购买；再退一步说，即使他们亲自购买，也不一定正赶上你去推销的时候。

然而，乔治·赫伯特却做到了，并且没有花多少工夫。一位记者在采访他的时候，他是这样说的：我认为，把一把斧子推销给小布什总统是完全可能的，因为布什总统在得克萨斯州有一农场，里面长着许多树。于是我给他写了一封信，说：有一次，我有幸参观您的农场，发现里面长着许多矢菊树，

学识与俸禄

著名的杜瓦尔是弗朗索瓦一世的图书馆管理人。一天，有个人向他提出了个问题，他老老实实地说"我不懂"。

"可是由于您的学识，皇帝才给您俸禄的呀！"

"皇帝是按我所懂的东西的多少来给我俸禄的。如果按我所不懂的东西给俸禄的话，皇帝的全部财宝也不够支付给我。"

有些已经死掉，木质已变得松软。我想，您一定需要一把小斧头，现在我这儿正好有一把这样的斧头。它是我祖父留给我的，很适合砍伐枯树。假若您有兴趣的话，请按这封信所留的信箱，给予回复……最后他就给我汇来了15美元。

乔治·赫伯特成功后，布鲁金斯学会在表彰他的时候说，金靴子奖已空置了26年。26年间，布鲁金斯学会培养了数以万计的推销员，造就了数以百计的百万富翁。这只金靴子之所以没有授予他们，是因为学会一直想寻找这么一个人，这个人不因有人说某一目标不能实现而放弃，不因某件事情难以办到而失去自信。

乔治·赫伯特的故事在世界各大网站公布之后，一些读者纷纷搜索布鲁金斯学会。他们发现在该学会的网页上贴着这么一句格言：不是因为有些事情难以做到，我们才失去自信；而是因为我们失去了自信，有些事情才显得难以做到。

读故事 长智慧

推销员乔治·赫伯特成功地把一把斧子推销给了小布什总统，获得了布鲁金斯学会已空置了26年的金靴子奖。这再一次证明了：世上无难事，只要肯登攀。就像布鲁金斯学会网站上的格言说的那样：不是因为有些事情难以做到，我们才失去自信；而是因为我们失去了自信，有些事情才显得难以做到。

假装成功

自信是成功的开始,付出是成功的关键。

许多年前,一个小姑娘应聘到位于美国纽约市第五大街的一家裁缝店当打杂女工。

小姑娘出身贫寒,家住在纽约的一处廉价出租房里。当她走进那家金碧辉煌的裁缝店时,仿佛置身于一个令人目眩的新世界。

正式上班以后,她经常看到女士们乘着豪华轿车来到店里,在店里镀着金边的大试衣镜前试穿她们的漂亮衣服。她们都和裁缝店里的女老板一样,穿着讲究、举止得体、端庄大方、高贵典雅。

小姑娘想:这才是女人们应该过的生活。一股强烈的欲望在她的心中升起:我也要当老板,成为她们当中的一员。

于是,小姑娘开始玩起了一个令人兴奋的游戏。她每天开始工作之前,都要对着那面试衣镜,很开心、很温柔、很自信地微笑。

她虽然经济拮据,只能穿粗布衣裳,但她假装自己已经是身穿漂亮衣服的夫人,待人接物落落大方,彬彬有礼,深受那些女士们喜爱。

她虽然地位卑微,只是一名打杂女工,但她假装自己已经是老板,工作积极投入,尽心尽责,仿佛那裁缝店就是她自己的,因此深受老板信赖。

不久,有许多客户开始对女老板说:"这位小姑娘是你店中最有头脑、最有气质的女孩。"女老板也说:"她的确很杰出。"又过了不久,女老板就把裁缝店交给小姑娘管理了。

光阴荏苒（rén rǎn），日月如梭，这个小姑娘渐渐有了一个响亮的名字——"安妮特"，继而成了服装设计师"安妮特"，最后终于成了"著名设计师安妮特夫人"。

看来，成功也可以"装"出来。如果你想成为成功人士，你不妨现在就假装自己已经是成功人士，然后像成功人士那样去做人、学习、工作，最后你就可能成为一名真正的成功人士。一个优秀的人，他的自信心是恒久不衰的。即使你曾经是一块金子，但缺乏自信心，也会让自己黯然褪（tuì）色为一块铁，甚至甘心堕落为一粒沙子，长久地湮没在沙土里，不被人发现。

我们原本是优秀的。只不过，是我们缺乏自信的内心，一步一步把我们从优秀的高地上拉下来，一直拉到了平庸的位置上。平庸，是人生的一场灾难，也是人生的悲剧。只是，更多的时候，是我们自己为自己导演了这场灾难和悲剧。

读故事 长智慧

成功真的是这个小姑娘装出来的吗？其实，真正让她走向成功的是她的自信心。当一个人没有自信的时候，即使是块金子也会被长久地埋没在沙土里面丧失光泽。选择自信，拒绝平庸，每个人的生活都像是一场戏剧，就让我们做自己人生的主宰，为自己导演一场精彩的剧目吧。

好孩子成长宝典 \ 告诉大家，我是最棒的

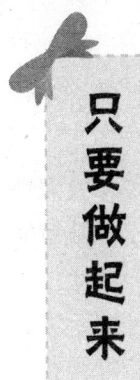

只要做起来

卡罗·道恩斯原来在一家银行工作，捧的是金饭碗，但是，他却放弃了。他认为待在银行并不能充分发挥自己的才干。他来到了杜兰特公司——也就是后来名扬天下的通用汽车公司。

在新的工作环境干了6个月后，道恩斯很想了解一下杜兰特对自己工作的评价，他便给杜兰特写了一封信。道恩斯在信中问了几个问题，其中最后也是最重要的问题是："我可否在更重要的职位上从事更重要的工作？"杜兰特没有回答其他的几个问题，只对最后这个问题做了批示："现在任命你负责监督新厂机器的安装，但不保证升迁或加薪。"

道恩斯接受了，但他的手里只有杜兰特给的一张施工图纸。杜兰特说："你要按图施工，看你做得如何。"而道恩斯实际上从没有受过这方面的任何训练，面对那么多完全陌生的困难，却要在短时间内完成任务，道恩斯心里清楚，一个千载难逢的机会就在眼前，如果就此退缩，可能就再也没有机遇会垂青他了。他调整好自己的心态，认真地钻研图纸，再找到相关的人员，一起做了缜密的分析和研究，很快他就搞清了工作的要点和脉络。工作进行得很顺利，而且还提前一个星期完成了公司交给他的任务。

在道恩斯走到杜兰特办公室的门口准备向他汇报工作时，却吃惊地发现紧邻杜兰特办公室的那间办公室的门牌上竟赫然写着：卡罗·道恩斯总经理。

杜兰特对他说，他现在就是公司总经理了，而且年薪在原来的年薪后面加了个"0"。杜兰特说："给你那些图纸时，我知

第四章 我是最棒的——拥有自信的心态

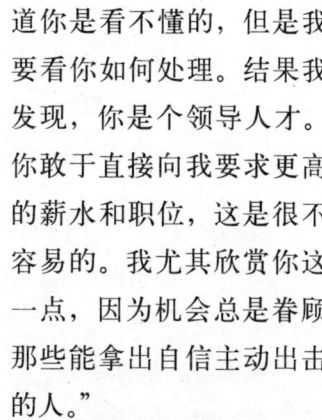

感恩节的由来

每年11月的第4个星期四是美国的感恩节。1620年,一些在英国受到宗教迫害的清教徒乘船来到美洲。但是当年的冬天就让他们遇到了跨越不了的困难处境。饥饿和寒冷使他们一半人失去了生命。此时,心地善良的印第安人给他们送来生活必需品,还教会了他们种植、狩猎等等生存技巧。终于,这些移民坚强地存活下来。为了感谢印地安人的帮助,在丰收的那一年,移民邀请印第安人一起庆祝。这就是感恩节。

道你是看不懂的,但是我要看你如何处理。结果我发现,你是个领导人才。你敢于直接向我要求更高的薪水和职位,这是很不容易的。我尤其欣赏你这一点,因为机会总是眷顾那些能拿出自信主动出击的人。"

有些事情很多人之所以不愿去做,只是因为他们想当然地认为很困难。其实,更多的困难只是盘踞在人们的想象之中,只要你能拿出自信主动去试一试,也许你很快就能排除想象中的障碍,铺平走向成功的道路。

读故事 长智慧

道恩斯为了获得更好的发展辞去银行的工作而转投通用汽车公司,面对完全陌生的任务,没有任何相关训练和经验的他,调整好自己的心态,认真地钻研图纸,顺利完成了公司的任务。其实,有很多困难都是我们自己想象出来的,自己吓倒了自己。把握时机,勇敢地尝试后我们就会发现,事情并不像想象的那样可怕。相信自己能够做到,成功就在前方向我们招手呢。

永远不说你是做不到的

我的儿子乔伊出生的时候,他的脚是向上扭曲的,看起来就是脚掌在上的样子。医生向我们保证说,只要经过合适的治疗,他肯定能正常地走路,但很可能永远跑不快。

在生命的最初三年,他一直在手术、各种金属模型和绷带中度过。他的双腿经历着按摩、运动、练习等一系列过程。

他七八岁的时候,如果你看见他走路的话,你甚至不知道他是有残疾的。但如果他走了很长的路,比如说在娱乐公园里玩或者从家走到动物园那么远,他就会抱怨说他的腿很累很累,像受伤了一样。我们往往会停下来,买一点儿苏打水或一个甜筒冰激凌,谈谈我们刚刚看见了什么以及我们将要看到些什么。我们没有告诉他为什么他的腿感到劳累,为什么它们那么虚弱。我们没有告诉他这本来是他天生就有的缺陷,所以他不知道。

孩子们一起玩耍的时候,邻居家的孩子总是四处奔跑,就像大多数孩子那样他也会跟着他们跳、奔跑和玩耍。我们从来没告诉他,他可能永远不能像别的孩子跑得那样快。我们没有告诉他"你是不一样的",所以他不知道。

七年级那年,他决定参加环城赛跑小组。每天他都跟小组一起训练,他看起来比队里的其他成员练习得更努力。他也已经感觉到,有些看起来很自然地被其他人拥有的能力,并没有被他所拥有。但我们没有告诉他,尽管他能够跑步,却只能永远都跑在队伍的最后。我们没有告诉他,他本来就不应该去参加这样一个队伍。这个队伍的成员都是学校各年级跑入前七名的选手。我们没有

告诉他,他可能永远不能正式加入那支队伍,所以他不知道。

他继续一天跑 6 至 8 公里,每天都是。我永远不会忘记他发高烧的那天,他不愿留在家里休息,坚持去参加环城赛跑的训练。我整天都在为他担心,我在等着学校里打来电话,让我去接他回家。但一直没有人打过来。

放学后,我去了环城赛跑的练习场,因为我想如果我在那里,他或许就会考虑逃过那天晚上的练习。

当我到达学校的时候,他正在沿着一条长长的林荫道跑步,一个人。我把车开到他的跟前,车速很慢,好和他奔跑的步伐保持一致。我问他感觉如何。很好,他说。他只剩下 3.2 公里了。当汗水从他脸上淌下来的时候,他的眼睛因为发高烧,看起来就像玻璃一样,但他仍坚持继续奔跑。我们从来没告诉过他,他不能在高烧的情况下连续奔跑 6.4 公里。我们从来没告诉他,所以他不知道。

两个星期以后,这个赛季倒数第三场比赛的前一天,宣布了参加正式比赛的成员名单,乔伊列在了名单的第六位,成功地加入了这支队伍。他那时上七年级,队伍里其他六个成员全部都上八年级。我们从来没告诉他,他本来不应该指望加入这样一支队伍。我们从来没告诉他,他做不到这一点。我们从来没告诉他,他不可能……所以他不知道。于是他去做了。

读故事 长智慧

一个脚掌有天生缺陷的孩子,依靠什么最终能够和正常孩子一样参加环城赛跑?答案就是两个字:自信。自信使他战胜了自己的身体缺陷。不要轻易怀疑自己的能力,为自己的心灵设限。在很多时候,阻碍我们进步的主要障碍,不是我们能力的大小,而是我们内心恐惧。心理的束缚,限制了自我潜能的发挥。人的潜能是无限的,所以永远不说你是做不到的。

成功的前提

前不久,有幸聆听了一位仰慕已久但从未谋面的美国知名企业家的讲座。企业家个头矮小,其貌不扬,与我的想象大相径庭。

讲座中,我向企业家提了一个问题:"作为一名成功人士,您认为,在成功的诸多前提中,最重要的是什么?"

企业家没有直接回答我的问题,而是讲了一个故事:

多年前的一个傍晚,一位叫亨利的青年移民,站在河边发呆。这天是他30岁生日。可他不知道自己是否还有活下去的必要。因为亨利从小在福利院里长大,身材矮小,长相也不漂亮,讲话又带着浓厚的法国乡下口音,所以他一直很瞧不起自己,认为自己是一个既丑又笨的乡巴佬。他连最普通的工作都不敢去应聘,没有工作,也没有家。

就在亨利徘徊于生死之间的时候,与他一起在福利院长大的好朋友约翰兴冲冲地跑过来对他说:"亨利,告诉你一个好消息!"

"好消息从来就不属于我。"亨利一脸悲戚。

"不,我刚刚从收音机里听到一则消息,拿破仑曾经丢失了一个孙子。播音员描述的相貌特征,与你丝毫不差!"

"真的吗,我竟然是拿破仑的孙子?"亨利一下子精神大振。联想到爷爷曾经以矮小的身材指挥着千军万马,用带着泥土芳香的法语发出威严的命令,他顿感自己矮小的身材同样充满力量,讲话时的乡下口音也带着几分高贵和威严。

第二天一大早,亨利便满怀自信地来到一家大公司应聘。

"年"的来历

相传,中国古时候有一种叫"年"的怪兽,头长触角,凶猛异常。"年"长年深居海底,每到除夕才爬上岸,吞食牲畜伤害人命。后来人们发现"年"最怕红色、火光和炸响。所以想出驱赶"年"兽的办法就是家家贴红对联、燃放爆竹,户户烛火通明、守更待岁。

20年后，已成为这家大公司总裁的亨利，查证自己并非拿破仑的孙子，但这早已不重要了。"是的，大家也许已经猜到了，这位亨利就是我。"企业家的表情由微笑变为严肃，"接纳自己，欣赏自己，将所有的自卑全都抛到九霄云外。我认为，这就是成功最重要的前提！"

俗话说："金无足赤，人无完人"。世界上没有完美的事，也没有完美的人，人人都有缺陷，都有不足，做人重要的是扬长避短，挣脱"短处"的锁链，摆脱它对心理的控制，让全身心自由地走向生活。一个人能飞多高，并非由人的其他因素决定，而是受他自己的信念所制约。这里说到的信念归根结底也就是自信。在你想做一件事之前，你拥有了自信，也就等于成功了一半。

读故事 长智慧

这个身材矮小其貌不扬又带有乡土口音的青年，因为自卑不敢应聘，没有工作也没有家。但后来意外地相信自己是拿破仑的孙子，竟然应聘成功。其实他并不是拿破仑的孙子，但正因为有了像拿破仑一样的自信，他才能一步步成为美国知名的企业家。自信，是走向成功的伴侣，是战胜困难的利剑，是驶向理想彼岸的舟楫。

永不消失的自信

在美国庞大的律师群体中，有一位外貌丑陋却口碑极佳的女律师，她的名字叫科尔。在法庭上，她扭曲的容貌常会引起众人的惊讶甚至恐惧。但是，这位丑陋的女律师，却以渊博的学识和言辞犀利的口才，以及咄咄逼人的气势震惊四座，为无数当事人打赢了官司。

许多人不解，这样一位容貌丑陋的人是怎样成为一位知名律师的呢？

今年35岁的科尔是家中唯一的女孩，童年时代，她不仅长得俏丽可人，而且聪明伶俐，从小就是父母的掌上明珠。

升入中学后的一天，科尔的下巴上有几个很小很小的圆形白斑。她疑惑地用手指揉了揉，并没有什么异样感觉。一个星期后，白斑不但没有消退，反而连成了片。父母立即带科尔到医院做皮肤检查，医生的诊断结论是：科尔患上了一种极为普通的皮肤白斑病，只需涂些对症的药膏就可以根治白斑。然而一个月过去了，白斑非但没有消失，面积反而越来越大。接下来，科尔的身上不断出现奇怪的症状：原本一头金黄色的长发，变成了灰白色，且不停地大把脱落；右眼向下倾斜；鼻子向右扭曲；右侧嘴角向上翻起，一张漂亮的面孔完全变了形。

父母焦急万分，再次把科尔送到医院五官科进行检查。这次得出的结论是：科尔患上了一种罕见的进行性面偏侧萎缩症。这类病症会随着患者年龄的增长而日趋加重，患者的五官会渐渐萎缩直至完全消失，甚至整张脸萎缩成为一个洞。而令人恐惧的是，目前在全球范围内还没有对这种病症行之有效的治疗方法。

然而这种病虽然可怕，却不会危及患者的生命。坚强的科尔心头重新燃起了一团希望的火焰。她想，既然自己享有和他人同等的生命权，就一定要通过努力和奋斗来证明自己生命存在的价值和意义。从此，科尔更加发奋努力地学习，几乎包揽了年级所有学科的第一名。

但是，在学校里，一些男孩子经常会突然挡住科尔的去路，模仿她扭曲的脸；有些同学还给她起了"歪鼻子"、"白头翁"的绰号；甚至没有一个同学愿意和她坐同桌，就这样，科尔被无情地隔离到人群之外。

17岁的一天，科尔正在学校上课，突然她感到右眼视线变成了一片黑暗。科尔心头一沉，知道自己的右眼从此将失明，这也正是病症加重的结果。

后来，科尔以优异的成绩考取了大学。走进大学校园，她依旧是同学们眼中的"怪物"，没有人愿意主动接近她。甚至有人把她的照片贴到网上。网民的留言有些是对她的同情和鼓励，而更多的则是对她的冷嘲热讽，甚至还有人咒骂她不该把自己恐怖的照片贴到网上吓唬人。更让科尔意想不到的是，网民们还对知名大学是否该录取"丑八怪"的议题，展开了激烈的论战。很多人都认为科尔这样的丑陋相貌，会影响学校的形象和声誉，提议学校开除科尔。面对如此大的精神压力，科尔只有一个人默默地承受。

一天，在社会心理学课上，老师让同学们讨论自己的理想。教室里一下子炸开了锅，同学们神采飞扬地讨论着，只有科尔独自沉默地坐在位子上。接着，老师让同学们一一发言。轮到科尔时，没等她开口，一个男生就抢先喊道："整容，她的理想只有整容。"话音未落，教室里响起一片哄笑声。

科尔转过头，表情认真地看着那个男生说："你错了，我的理想并不是整容。整容也改变不了我脸上的残疾和缺陷。其实，我的理想是做一名律师。"

教室里再次爆出哄堂大笑，同学们你一言我一语地说：

"'丑八怪'律师……"

"谁有这么大的胆子请这样的律师出庭……"

"考验法官胆量的时候到了……"

而科尔却表情严肃并语气坚定地说："我要当律师，去帮助那些可怜的受害者，以及遭到他人歧视的身患残疾的不幸的人。"教室里瞬时安静下来，每个人都陷入了沉思。4年后，科尔从大学毕业，并通过不懈的努力考取了职业律师资格证。

现在，女律师科尔时常出现在法庭上，她特殊的容貌依然会招来少数人的嘲讽甚至轻视。而她的病情依然不断地恶化着，医生断言，她右脸颊即将萎缩消失。

科尔说："有一天我的脸可能会消失，但只要我的生命还在，我会继续证明，容貌的美并不重要，重要的是你生命中的自信和坚强。"

读故事 长智慧

这位相貌极其丑陋的女孩，不怕嘲讽，自强自信，以渊博的学识和言辞犀利的口才，以及咄咄逼人的气势为无数当事人打赢了官司，成为震惊四座口碑极佳的女律师。容貌和疾病并不是我们自己能够决定的，但是我们可以决定自己的心态。只要拥有永不消失的自信和坚强，就足以战胜病魔。只要我们自立自强，就足以弥补生命中的缺憾。

扶人一把

因为要去参加一个聚会，我提前了将近一个小时出门，想到楼下的私人发廊里去洗吹一下头发，把头发吹成飘飘的样子，正好配我那飘飘的一身衣裳。

发廊生意兴隆，却只有一个美发师。他让那小学徒先给我洗头，说，轮到你，恐怕得一个小时以后了。

我没有时间等待，于是问那小学徒会不会吹头发。他结结巴巴地说平时只看着师傅吹，自己从来没有实践过。说完，他就沉默不语了。

"那你想不想实践一下呢？"我问。"我怕给你搞坏了。"他低声回答。

我没有时间了，不如就让他弄吧，不经过实践，他永远不会出道。我把这个想法说给他听。"谢谢，谢谢。"他用自己无法控制的声音说。我吃了一惊，没想到这么一件小事竟让他如此感激。

他极小心地给我分头路，一次没分准，又分一次。渐渐地，他进入了状态，放开了手脚，梳子、吹风机在我头上一阵"狂轰滥炸"。末了，一幅意想不到的作品诞生了。我那飘飘的黑衣、飘飘的长裤、飘飘的头发，换来了周围人惊叹的呼声。

小学徒在众人的目光中，骄傲而幸福。

当我走出发廊的时候，看见又一个女人的头发被摆弄在了他的手中。

就这样，以后每当我要吹头发时都去找他。慢慢地，他的技术愈趋娴熟，找他的人越来越多，老师傅的脸色也越来越难看。最后，小学徒不得不另起炉灶，在二百米远的地方自己租了间房，开起了发廊。

坐在属于他自己的那片小天地里，我再一次欣赏着他为我设计的发型。与以往不同的是，这次他没有收我的钱。

"以前我跟着师傅，没有经济决定权。现在我是老板了，我有权不收您的钱了。一直以来，我都万分感激您，如果当初不是您的信任，就永远不会有我的今天。请接受我最真挚(zhì)的感谢吧。"他流畅地说着，平常那种结结巴巴的迟缓劲儿一下子都不见了。那是自信给了他正常人的语速。

我呆住了，也感动起来。这个不起眼的理发师让我明白了一个道理：扶人一把，给人以转机，有时可以从一件最小的最不经意的事情做起。此时，我的心情无比舒畅起来。

读故事 长智慧

是自信，让这个小学徒克服了心理障碍，为顾客做出了漂亮的发型，最终当起了老板，拥有了自己理发店。当一个人自卑的时候，就会缩手缩脚，很难有所成就。自信一些，放开手脚，从身边最小的事情做起吧，成功就酝酿(yùn niàng)在每一次不经意的努力之中。

有一个人可以帮你

一个经理，他把全部财产投资在一种小型制造业上。由于世界大战爆发，他无法取得他的工厂所需要的原料，因此只好宣告破产。金钱的丧失，使他大为沮丧。于是，他离开妻子儿女，成为一名流浪汉。他对于这些损失无法忘怀，而且越来越难过。后来，他甚至想要跳湖自杀。

一个偶然的机会，他看到了一本名为《自信心》的书。这本书给他带来了勇气和希望，他决定找到这本书的作者，请作者帮助他再度站起来。

当他找到作者，说完他的故事后，那位作者却对他说："我已经以极大的兴趣听完了你的故事，我希望我能对你有所帮助，但事实上，我却没有能力帮助你。"

他的脸立刻变得苍白，低下头，喃喃地说道："这下子我完蛋了。"

作者停了几秒钟，然后说道："虽然我没有办法帮助你，但我可以介绍你去见一个人，他可以协助你东山再起。"一听到这句话，流浪汉立刻跳了起来，抓住作者的手，说道："求求你，请带我去见这个人。"

于是作者把他带到一面高大的镜子面前，用手指着镜子说："我介绍的就是这个人。在这个世界上，只有这个人能够使你东山再起。除非你坐下来，彻底认识这个人，否则，你只能跳到密歇根湖里去。因为在你对这个人做充分的了解之前，对于你自己或这个世界来说，你都将是个没有任何价值的废物。"

他朝着镜子向前走了几步，用手摸摸他长满胡须的脸孔，对着镜子里的人从头到脚打量了几分钟；然后后退几步，低下头，开始哭泣起来。

几天后，作者在街上碰见了这个人，几乎认不出他来了。他的步伐轻快有力，头抬得高高的。他从头到脚打扮一新，看来是很成功的样子。"那一天我进入你的办公室时，还只是一个流浪汉。但我对着镜子找到了我的自信。现在我找到了一份年薪三千美元的工作。我的老板先预支了一部分钱给我的家人。我现在又走上成功之路了。"他还风趣地说将再拜访那个作者一次，"我将带着一张签好字的支票，收款人是你，金额是空白的，由你填上数字。因为你介绍我认识了自己，幸好你要我站在那面大镜子前，把真正的我指给我看。"

自信心是一个人做事情与活下去的力量，没有了这种信心，就等于自己给自己判了死刑。

读故事 长智慧

遭遇困难，面临危险的时候，你是否把希望寄托在别人身上，一心期待获得帮助呢？要知道，在这个世界上，真正能够帮助你的人就是你自己。自信是一种强大的力量，自信的人身上会散发出迷人的光芒，可以战胜一切艰难险阻。拥有自信，我们就迈出了成功的第一步。

不再忧郁的艾米丽

有一个名叫艾米丽的女孩,住在纽约的北郊。然而和同龄的女孩子不同的是,她整日闷闷不乐,自怨自艾,认定自己的理想永远实现不了。她的理想也是每一位妙龄少女的理想:和一位潇洒的白马王子结婚、白头偕老。艾米丽总以为别人都有这种幸福,自己却永远被幸福拒之于千里之外。

一个雨天的下午,不幸的艾米丽去找一位有名的心理学家,因为据说他能解除所有人的痛苦。她被请进了心理学家的办公室,握手的时候,她冰凉的手让心理学家的心都颤抖了。

他打量着这个忧郁的女孩,她的眼神呆滞(zhì)而绝望,讲话的声音像是来自于墓地。她的整个身心都好像在对心理学家哭泣着:"我已经没有指望了!我是世界上最不幸的女人!"

心理学家请艾米丽坐下,通过跟她谈话,心里渐渐有了底。最后对她说:"艾米丽,我会有办法的,但你得按我说的去做。"他要艾米丽去买一套新衣服,再去修整一下自己的头发,他要艾米丽打扮得漂漂亮亮的,对她说星期二他家有个晚会,他邀请她来参加。

艾米丽还是一脸闷闷不乐,对心理学家说:"就是参加晚会我也不会快乐。谁会需要我?我能做什么呢?"心理学家告诉她:"你要做的事很简单,你的任务就是帮助我照料客人,代表我欢迎他们,向他们致以最亲切的问候。"

星期二这天,艾米丽衣衫整洁,发型得体地来到了晚会上。她按照心理学家的吩咐,尽心尽责,一会儿和客人打招呼,一会儿帮客人端饮料,一会儿给客人开窗户,在客人间穿梭不息,来回奔走,始终在帮助别人,完全忘记了自己。她眼神活泼,笑容可掬,成了晚会上一道彩虹。散会时,同时有三位男士自告奋勇要送她回家。

一个星期又一个星期,一个月又一个月,这三位男士热烈地追求着她,艾米丽终于选中了其中的一位,让他给自己戴上了订婚戒指。不久,在婚礼上,有人对这位心理学家说:"你创造了奇迹。"

"不,"心理学家说,"是她自己为自己创造了奇迹。人不能总想着自己,而应该为别人着想,还要有自信。艾米丽懂得了这个道理,所以变了。所有的女人都能拥有这个奇迹。"

读故事 长智慧

忧郁的艾米丽,自怨自艾,眼神呆滞而绝望。而自信的艾米丽,眼神活泼,笑容可掬,就像一道迷人的彩虹,判若两人。赞扬的确能够让人进步,但是如果得不到赞扬就忧郁失落丢掉自信,把自己的生命依托在别人身上就太可悲了。首先我们需要相信自己,肯定自己。如果我们连自己都不相信了,那还能相信谁呢?

自信就是最美的舞姿

从前美国有一个出色的舞蹈家，她在年轻的时候多次考舞蹈学院都没有考上，她十分沮丧，开始怀疑自己究竟有没有跳舞的天赋，甚至想放弃对舞蹈的热爱和追求。一次她报名舞蹈学院的考试失败之后，心灰意冷地收拾起行李准备回家。这时一个老太太把她带到一个大花园中，告诉她只要她能找到传说中的六重花瓣的胭脂兰，上帝就会帮助她。女孩子听了顿时打起精神，在花园里专心致志地找起六重花瓣的胭脂兰来。然而胭脂兰从来都是五重花瓣的，这个女孩找了一天也没找到。傍晚的时候，老太太叫住了伤心的女孩，然后随手掐下一个胭脂兰的花骨朵，严肃地说："凭我多年经验，这一定是你要找的六重花瓣的胭脂兰，现在我把她送给你，也把好运送给你。"女孩信以为真，顿时有了信心，相信自己一定能够成功。于是，在后一次的选拔中，她脱颖而出，终于被录取了。

其实，世界上并没有什么六重花瓣的胭脂兰，那么为什么女孩前几次都没有被录取，而得到胭脂兰后就被录取了呢？答案是：自信。女孩相信胭脂兰真的会给她带来好运，所以有了自信，把自信化作力量，融在信念中、气质中、舞姿中，从而实现梦想。

爱默生曾经说过："自信，是成功的第一秘诀。"正是如此，没有自信就没有成功，想要成功就必须先要自信。自信是成功的必要条件。

自信就是要心里有底，知道自己到底有多少能力。只有这样才能脚踏实地的一步步走向成功。倘若心里没有底就盲目地干事，就会像悬空寺那样，虚飘飘的，摇摇晃晃，那样做起事来指不定哪天就一败涂地了。自信就是力量，有了力量就有了走向成功的基础。

上帝的形象

记者时常围住爱迪生,向他提出一些古怪刁钻的问题,但爱迪生都能一一作答。

一次,有人问他:"是否需要给某座修建中的教堂安装避雷针?"

爱迪生回答说:"一定要安装。因为,上帝往往是很大意的。"

记者又问:"你想像的上帝是什么样的?"

爱迪生答道:"没有重量、没有质量、没有形状的东西是不可想像的。"

倘若人没有自信,相对的就会自卑或是自大。自卑的人往往认为自己什么都做不成,这样做起事来就会放不开,总觉得自己水平达不到某一程度,因而无法发挥出自己应有的水平。自大的人往往认为自己比别人强很多,做起事来难免会粗心大意,这样做出的事怎么会好呢?

如果说自卑、自信、自大是横坐标,成功是纵坐标,那么自信介于自卑与自大之间,正好是原点的位置,在横轴与纵轴的交点处。可见自信是成功的必经之路,也是到达成功最短、最有效的途径。让我们沿着自信之路走向成功吧!

读故事 长智慧

真的因为她找到了传说中的六重花瓣的胭脂兰,所以得到了上帝的帮助吗?其实给她带来好运的就是她的自信。没有自信就没有成功,想要成功就必须先要相信自己。一个自卑的人,往往会把自身的天赋和光彩都埋没掉。勇敢地展示自我吧,要知道,自信就是世界上最美的舞姿。

一块石头

从前,有一个孤苦伶仃的孤儿,生活无依无靠,既没有可以耕种的田地,也没有可以用来经商的金钱。他非常难过,不知道要怎么活下去。

这天,他去向一位哲学家请教:"请问先生,我既无一技之长,又身无分文,我该怎么生活呢?"

哲学家说:"你为什么不试试去做些事情呢?"

孤儿无奈地说:"我能做什么呢?我什么都不会做呀!"

哲学家带着孤儿来到一处杂草丛生的乱石旁,拿起一块石头说:"明天,你把这块石头拿到集市上去卖。不过,你要记住,无论有人出多少钱买它,你都不能卖。"

孤儿非常疑惑,心想:"这虽然是一块不错的石头,但怎么会有人肯花钱买它呢?"

第二天一大早,他就抱着这块石头来到集市,在一个角落里蹲下来,并开始叫卖石头。不过,那毕竟只是一块普通的石头,根本没人前来询问。

第一天过去了,第二天也要过去了,依然无人问津。到了第三天,终于有人来询问了。第四天,真的有人肯出钱买这块石头了。第五天,那块石头已经能卖到一个好价钱了。

孤儿兴奋地跑到哲学家那里,说道:"没想到一块石头也能卖那么多钱。"

哲学家笑着说："明天，你再把这块石头拿到黄金市场上。记住，无论有人出多少钱，都不能卖！"

孤儿真的把石头拿到黄金市场上去卖。第一天、第二天都无人问津。第三天，有人过来问价。几天以后，问价的人越来越多，价格也越来越高，甚至高出了黄金的价格，但孤儿始终不卖。越是这样，人们就越好奇，石头的价格被越抬越高。

孤儿又找到哲学家。哲学家说："你把石头再拿到珠宝市场去卖……"

同样的情况又出现在珠宝市场上，到了最后，石头的价格已经比钻石还高了。但因为孤儿无论如何都不肯卖，那块石头更是被传扬为"稀世珍宝"。

孤儿对此大惑不解，又去请教哲学家："这分明只是一块普通的石头，在哪儿都能找到，为什么会被炒得比钻石还贵呢？"

哲学家说："世上的人和物都是如此：如果你认为自己是块陋石，那你就永远只是一块陋石；如果你坚信自己是一块无价的宝石，那你就会成为一块无价的宝石。"

我们每个人都像这枚石头，珍贵、独一无二，只有专家才能真正判定它的价值。你怎能期望生活中随便一个人就能发现你真正的价值呢？我们进入生活的市场后却希望毫无经验的人肯定我们的价值。那样真正的价值往往容易被毁灭和埋没。

读故事 长智慧

从杂草丛生的石头堆里随便捡起的一块普通石头，先后被拿到集市上、黄金市场、珠宝市场上，最后竟然比钻石的价钱还高，成为了一枚稀世珍宝。这究竟是为什么呢？答案是卖石者的执著的自我肯定。人生在世，我们的价值不是由别人判断的，真正决定自己价值的就是我们自己。拥有自信，拒绝平庸，坚信我们每个人都是一枚独一无二的石头，珍贵无价，散发着耀眼的光芒。

我的故事

找回自信

成功总要有个助手,那就是自信。如果自信丢失了怎么办?那就找回自信,下面就看我是怎样找回自信的吧。

以前我上课不爱发言,性格内向,生怕说错了,就是有正确答案也在心里憋着,久而久之我做什么事都没有信心了。

有一次数学测验,我一看试卷就马上想到自己考不好怎么办,爸爸妈妈会不会骂我或打我呀?这一害怕,"粗心"就趁我不备来偷袭,一会儿,给我的卷子上增添了几道"花纹",也给家里带来了几分"生气"。经过妈妈的一阵"狂风暴雨"之后,爸爸又语重心长地和我谈了一会儿,使我知道了自信心是成功的一半,既然我已有了刻苦的一半,为何就不能有这一半哪?

这回又要数学测验了,我反复想着爸爸的话,脑海里一直浮现着"我一定会考好,不会考差"这几个大字,仔细认真地做着每一道题目,又检查了一遍。待卷子发下来以后,果然只有一道不美丽的"小花纹",我考了98分!这可是自信心的功劳呀!如果没有自信心,我不会做到这些;如果没有自信心,我的成绩不会提高得这么快;如果没有自信心,我的卷子上还是有很多"叉叉"。自信心找回得太及时了!

没有自信就没有成功,自信是成功的一半。这句话真是一点儿也不错,朋友,您也试试吧?

自信赢得的掌声

拥有自信,是让人成功的基石;拥有自信,是让人得到快乐的基础;拥有自信,是让人得到掌声的条件……

我从小就是一个腼腆(miǎn tiǎn)的女孩,在陌生人的面前,我很害怕;在人多的地方,我很胆怯。经常是两腿发抖,满脸通红,声音颤抖,两只手也在不停地揉搓着。在这些时候我总是尽量逃避,祈祷(qí dǎo)着人们别注意我。

随着时间的推移，我也看了许多书籍，里面有不少都是有关自信的故事。从探险家的故事，告诉人们要有自信，去探索地球；从成功的故事，告诉人们要有自信，去走向成功……

　　在我六年级的时候，我去上补习班，数学老师每出一道练习题，就要请同学写出答案并讲解。在那一次，老师竟奇迹般的叫出了我的名字，我先是一愣，接着，我就开始矛盾了：去，还是不去？不去，同学们会笑我胆小；去，我不敢，出了错同学们会笑我笨……就在那时，我不知怎么了，竟然走上了讲台，我在讲解，却不敢抬头正视前方，和同学们的目光接触。终于好了，我快速地回到座位上，但是同学们却鼓起了掌，我惊呆了，本以为我说完同学们会哄堂大笑，但却……

　　我明白了，我应该拥有自信，相信自己。可我有时明白，却做不到，许多机会往往就这样失去了。

　　我想拥有自信，因为他让人成功；我想拥有自信，因为他让人快乐；我想拥有自信，因为他让人成长……

我自信我美丽

　　爱美之心，人皆有之。有人追求苗条的美，有人追求帅气的美，也有人追求微笑的美。而我惟独追求自信的美。

　　面临难度剧增的考题，有人会头昏眼花，有人会唉声叹气，有人甚至彻底放弃，这时自信会微笑着告诉我："没有那么难的。"缕缕轻风拂过耳畔，似乎是对我的鼓励。于是，我便会坚定地告诉自己："没问题。"

　　此刻，我很美丽，因为我自信。

　　校园里的一次次比赛、一项项活动，当机遇相继来到我面前的时候，我又怎能甘心说"放弃"呢？有位哲学家说过："愚蠢的人等待机遇，平凡的人把握机遇，聪明的人创造机遇。"即使这个机遇一开始不属于我，我也会张开双翅，尽情放飞；展开双臂，尽情挥洒；为自己创造，为自己赢取来之不易的机遇，我坚信我的才华。

　　此刻，我很美丽，因为我自信。

　　面对困难，我不会像大海中的小船那样轻易被风浪吞没。当灾难降临时，我固然悲痛欲绝，曾哭得昏天黑地，可随着时间的推移，受伤过后的我依然是自信的。因为我明白,与其悲伤自己的命运,不如锻炼自己的能力。

此刻,我很美丽,因为我自信。

你是否也觉得我是因为自信而美丽呢?

第五章
风雨之后有彩虹
——拥有乐观的心态

穷人的音乐

凡事从好处想

每天都有彩虹

"尽管……但是……"解忧书

把成功写在脸上

窗外就是蓝天

带着微笑上路

眼中含泪,就看不清未来

每个人都有两扇窗子

幽默的曼德拉

微笑的力量

穷人的音乐

我住在城市边缘一间租来的小屋里,隔壁住着一家4口,两个孩子只有不到10岁的样子,夫妇二人每天要蹬着三轮车去城里卖菜,日子过得很艰辛。那是一座老房子,下雨的时候四处漏水。挣扎在这个城市的底层,唯一能温暖我的只有心中的梦想了。

可是生活的厚重常常使梦想无处存身,在频频碰壁之后,有那么一段日子我躲在小屋里不想出去,因为这样可以暂时躲避世事的残酷。一天我正躺在床上吸烟,外面又下起了雨,屋里开始滴滴答答地漏水,我也懒得起来,任由它漏去吧!过了一会儿,忽然有人敲门,打开门,竟是隔壁的小兄妹俩,两人手里捧着许多盆盆碗碗。他俩一进来,立刻开始把那些盆碗放到漏水的地方,我在一旁惊奇地看着,心中涌起一股温暖。

他俩忙完,男孩对我说:"哥,我一猜你就没接雨!"女孩也笑着说:"哥,一会儿就有好听的音乐了!"我问:"你们家也漏雨吗?"男孩说:"漏啊!我们每次都用盆和碗去接!"忽然女孩拉着我的手说:"哥,你听,音乐来了!"果然,雨水滴进那些深浅不一的盆碗里,发出一连串的不同的叮咚声,倒还真的有些像音乐呢!我惊喜地问:"你们是怎么发现的呢?"男孩说:"是爸妈告诉的,原来的时候我家一漏雨,我和妹妹就生气,想起同学家的房子又漂亮又不漏,便觉得自己家不好。后来爸妈就让我们听,说这是老天给我们的音乐!我和妹妹可高兴了,别人的房子再好,可是没有这

握手礼

握手是一种很常用的礼节，一般在相互见面、离别、祝贺、慰问等情况下使用。纯礼节意义上的握手姿势是：伸出右手，以手指稍用力握住对方的手掌持续1-3秒钟，双目注视对方，面带笑容，上身要略微前倾，头要微低。

种音乐！"说完，男孩自豪地笑了。

我的心一震，一直以为他们一家过着如此艰辛的生活，心情也一定好不到哪儿去，因为看惯了穷人家的悲愁气氛，所以认为所有的贫贱夫妻都是百事可哀。可是从隔壁的一家我却看到了一种温暖的希望，能从贫穷之中找出欢乐来，他们的贫穷一定不会长久。因为他们的心从没有贫穷过，他们的心中有希望和快乐，那是一笔无法比拟的巨大财富。

从那以后，我再也没有因为世事的艰辛而消沉失落过，因为我明白，命运漏下来的这些风雨敲打在心湖上，是上天赐给我的音乐！我知道，能拥有这样一颗在清贫中时常感动的心，就算生活再艰难，生命也是富有的！

读故事 长智慧

破旧的老房子每逢下雨就滴答漏雨，可在这对乐观的兄妹耳中漏雨声竟是美妙的音乐。这是一种温暖的希望，一种苦中作乐的勇气。能从贫穷之中找出欢乐的人，他们的贫穷一定不会长久。一个面带微笑的穷人远比愁容满面的有钱人富有的多。乐观就是一笔巨大的精神财富，它可以给人生带来无限的希望和快乐。

凡事从好处想

有一个叫米契（qì）尔的青年，一次偶然的车祸，使他全身三分之二的皮肤被烧伤，面目可憎，手脚变成了肉球（不分瓣），面对镜子中难以辨认的自己，他痛苦迷茫。他想到某位哲人曾经说的："相信你能你就能！""问题不是发生了什么，而是你如何面对它！"

他很快从痛苦中解脱出来，几经努力、奋斗，变成了一个成功的百万富翁。此时此刻，他不顾别人规劝，非要用肉球似的双手去学习驾驶飞机。结果，他在助手的陪同下升上天空后，飞机突然发生故障，摔了下来。当人们找到米契尔时，发现他脊椎骨粉碎性骨折，他将面临终身瘫痪的现实。家人、朋友悲伤至极，他却说："我无法逃避现实，就必须乐观接受现实，这其中肯定隐藏着好的事情。我身体不能行动，但我的大脑是健全的，我还有可以帮助别人的一张嘴。"他用自己的智慧，用自己的幽默去讲述能鼓励病友战胜疾病的故事。他走到哪里，笑声就荡漾在哪里。一天，一位护士学院毕业的金发女郎来护理他。他一眼就断定这是他的梦中情人，他把他的想法告诉了家人和朋友，大家都劝他：这是不可能的，万一人家拒绝你多难堪。他说："不，你们错了，万一成功了怎么办？万一答应了怎么办？"

多么好的思维，多么好的心态！他勇敢地向她约会、求爱。两年之后，这位金发女郎嫁给了他。米契尔经过不懈的努力，成为美国人心中的英雄，成为美国坐在轮椅上的国会议员。

有一句话说得好，快乐的最好方法，就是多看看比你还不幸的人。悲观的失败者视困难为陷阱，乐观的成功者视困难为机

它有什么用

一些新发现在初期不一定能马上投入实用。

一次，避雷针的发明者富兰克林邀请人们参观他的新发明。

其中一位阔太太问："可是，它有什么用呢？"

富兰克林反问道："夫人，请问新生的婴儿又有什么用呢？"

遇，结果就有两种截然相反的人生。生活中不是缺少美，而是缺少发现。凡事从好处想，就会看到希望，有了希望才能增添我们生活的勇气和力量。

乐观者总是保持一种恬（tián）然无忧的心境，永远微笑着面对生活，不管生活以什么样的方式回报自己，都能张开双臂，用宏大的胸怀愉悦地迎接命运的每一次挑战，宽容地接纳每一个实实在在有得有失的日子。

选择乐观吧！因为选择了乐观就选择了积极进取，选择了生命的方向；倘若选择悲观那就选择了消极放弃，选择了自己打倒自己。

读故事 长智慧

悲观的人总是视困难为陷阱，乐观的人却能视困难为机遇，这就造就了两种截然相反的人生。生活中不是缺少美，而是缺少发现美的眼睛。凡事从好处想，就会看到希望，有了希望才能增添我们生活的勇气和力量。人，不能一直陷在痛苦的泥潭里不能自拔。当遇到可能改变的现实，我们要向最好处努力；遇到不可能改变的痛苦现实，我们更要勇敢地面对，用微笑把痛苦埋葬。

每天都有彩虹

一个年轻人每天经过一条街道上班时,都能看到一位满头白发的老人。老人坐在一个非常破旧的屋檐下,脸上绽满了满足和幸福的笑意。年轻人很不解,那个老人的衣着很一般,脸上也没有好生活滋养出来的油色光泽,一点儿也不像富贵家庭养尊处优的老人,而且那么老,一眼望去便能知道他的过去饱经沧桑。为什么这样的老人却有那么满足和幸福的神态呢?

有一天,心情郁闷的年轻人经过那个老人时禁不住停下了自己的脚步。他在老人身边蹲下来,小心翼翼地问老人:"老人家,您有一份退休金吗?"年轻人想,看上去这么满足的人,肯定会有一份不菲(fěi)的退休金的。但老人笑笑说:"退休金?我没有。"年轻人想想,又俯在老人耳边说:"那您肯定有一笔丰厚的积蓄(xù)了?""积蓄?"老人听了,又笑着摇头说,"我也没有。"年轻人想了想又问老人说:"那么您的子女一定生活得很不错,有自己的公司,或者身居要职吧?"老人一听,又摇摇头说:"他们什么也没有,都不过是平常的工人,靠劳动挣工资,靠工资养家糊口而已。"年轻人一听,就更加不解了,他问老人说:"我每天从这里经过看见您,您都是很幸福、很满足的样子,老人家,您能告诉我这是为什么吗?"

老人说:"我每天都在看天上的彩虹呀。"每一天?年轻人更疑惑了,彩虹一年也就那么两三次,怎么会每一天都有呢,见年轻人不解,老人笑笑说:"我这一辈子,讨过饭,逃过荒,背井离乡十几年,曾经好多次死里逃生过。唉,真是没有少受难、吃苦,人生的酸甜苦辣,老头儿我都尝遍了;人生的辛酸泪水,我也流尽了。"老人又笑笑说,"可如今呢,我居有屋,食有粥,几个儿女虽说不才，却也每人都有一份自己的工作，都有一份自己的工资，小伙子，你说我能不感到满足和幸福吗？我能不每一天都看到彩虹吗？"

老人顿了顿，又感叹说："其实，哪一天没有彩虹呢，只是没流过泪的眼睛看不见，只要流过泪，人每一天都是能看到彩虹的。"

年轻人一听，心顿时一颤，是啊，哪一天没有彩虹呢？路上陌生人的一个微笑；朋友电话里的一声轻轻问候；同事一次紧紧的握手；回到家里，妻子的一声轻轻嗔怪，女儿或儿子一个小小的亲昵；出门时，父亲或母亲的一句浅浅的叮嘱……

哪一天没有彩虹呢？只是没流过泪水的眼睛和心灵不能轻易地看到。

每一天都有彩虹，只要我们能用心灵去看。

读故事 长智慧

当我们遭遇挫折时，悲观的人眼里面只有恐惧和软弱。而坚强乐观的人，却能透过被泪水洗礼过的眼睛看到美丽的彩虹。这句话说得多好：每一天都有彩虹，只是没流过泪的眼睛看不见。只要我们用心看，每一天都会有彩虹出现。

"尽管……但是……"解忧书

数年前,我和博学睿(ruì)智的心理学家史米利共同负责一些书籍的编纂工作。一天,我因为一本书不能按期付印而心绪烦乱。"我无法帮你解决这个问题。"史米利先生微笑着说,"但我可以给你一个自制的小秘方,或许它能减轻一点你的烦恼。"

史米利先生告诉我这样一个小故事:"我在田纳西州长大,小时候我非常喜欢我的伊莱扎舅妈,每当我遇到烦心事需要安慰的时候,伊莱扎舅妈总是用'尽管……但是……'这样的句式开导我。她让我意识到,不开心的事情总是有补偿的。'尽管野餐因为上午的一场大雨泡汤了,但是下午我们可以去看电影啊!'每一次,伊莱扎舅妈总能让我从沮丧中解脱出来,甚至让我快乐起来。"

"直到今天,我依然认为'尽管……但是……'句式是个非常有效的好药方。"史米利先生总结道,"尽管你编纂(zuǎn)的书不能按期付印让人感到心烦,但是一定有一些事情去补偿它。有时候,补偿甚至会超过你失去的。将你的眼光从眼前的悲伤转到将来的某种可能上,你的情绪就会变好。"

史米利先生说得没错。生活总是会呈现给我们无数个可以套用"尽管……但是……"句式的境况,倘若我们只将眼光盯在"尽管"那个阶段,我们的心情就会一直处在灰暗之中;倘若我们及时地将眼光移向"但是",积极寻觅、挖掘甚至创造某种潜伏着的补偿,心情自然就会开朗起来。

我决定将烦恼暂时抛下,做我应该做的事情。

我打电话告诉书的作者,因为出版商的缘故,这本书将延期一个月才能出版。作者竟然很高兴地对我说:"尽管不能早一天看到自己写的书的确有些遗憾,但是,一个月后正赶上学生放寒假,他们有更多的机会逛书店,我专为他们而写的这本书不是可以卖得更好吗?"

人生就像一朵鲜花,有时开,有时败,有时微笑,有时低头不语。其实生命就是这样,总会出现很多"尽管",出现很多不如意的情况。无论你是成还是败,都应乐观地打开心灵的另一扇窗,想到还有很多"但是",想到事情积极的一面。当你困惑时,打开心灵的另一扇窗,去换个角度看生命,生命是非常美好的,你也会因此而成功。

读故事 长智慧

如果我们只将眼光盯在"尽管"那个阶段,心情就会一直处在灰暗之中;如果我们及时地将眼光移向"但是",积极寻觅、挖掘甚至创造某种转机,心情自然就会开朗起来。不管昨天发生了什么,也不管昨天的自己有多无奈,有多苦涩,昨天都过去了,不会再来,也无法更改。就让昨天把所有的苦、所有的累、所有的痛远远地带走吧,而今天,就让我们收拾心情,重新上路。

把成功写在脸上

在瑞士埃尔德集团公司门口，有一位9岁的小鞋匠。一天，公司总裁查菲尔面对公司所有的业务代表，把小鞋匠叫到跟前，请他擦鞋，并与小鞋匠聊了起来。

"你擦鞋一次赚多少钱？"查菲尔问。

"擦一次5分钱。"小鞋匠高兴地回答。

"在你来之前是谁在这里擦鞋？他为什么离开？"

"是一位叫北尔斯的男孩，他已经17岁了。我听说，他是觉得擦鞋无法维持生活而离开的。"

"那你擦鞋一次只赚5分钱，有办法维持生活吗？"

"可以的，先生。我每个星期给我妈妈10元钱，存5元钱到银行，再留下2元的零花钱。我想再干一年，就可以用银行里的钱买辆脚踏车了。"小男孩一边卖力地擦着鞋子，一边微笑着回答问题。

小男孩擦完鞋后，查菲尔给了他5分钱，紧接着，又掏出1元小费给他。小男孩面露迷人的微笑，还是那样欢快地说："谢谢你，先生。"

这时，查菲尔转过头来，对公司的业务代表说："一个17岁的鞋匠在这里擦鞋无法维持生计，而一个9岁的小男孩除维持生计外，还有节余。这是为什么呢？就是因为他们有着两张不同的脸。17岁的男孩看不到生活的希望，整日哭丧着脸，好像别人欠他什么似的，顾客当然不会给他小费。而这个9岁的小男孩，对生活充满了希望和信心，面对顾客总是脸带微笑，谁会忍心不给他回报呢？"

受这个小男孩的启发，所有的业务代表一改过去消极的心态，他们在推销产品的过程中，同时

地球最深的地方

雅鲁藏布大峡谷是地球陆地上海拔最高的峡谷，也是世界上最深和最长的峡谷。

马里亚纳海沟为目前所知最深之海沟，最大深度为11,040.4米，也是地壳最薄之所在。该海沟地处北太平洋西方海床，位于北纬11度21分、东经142度12分，即近关岛之马里亚纳群岛东方。海沟底部于海平面下之深度，远胜珠穆朗玛峰海平面上之高度。

也把自己的真诚和微笑销售出去,产品销售量大增。埃尔德集团公司也从过去面临全盘溃败的窘境,成为如今全球最大的收银机销售公司。

乐观的人总会随时拾起身边的每一滴快乐,而悲观的人则会细心收藏身边的每一粒悲伤。于是乐观的人可以拥有快乐的海洋,而悲观的人则只能拥有悲伤的沙滩。快乐的人可以越过海洋,达到世界的另一边,而悲观的人则只能围绕快乐的海洋徜徉在沙滩上。

对待苦难的态度是一个人力量、坚韧(rèn)的体现,更是决定一个人人生、未来的窗口。学会把黑暗时刻看做我们的成长时刻,微笑着生活,悲痛或许就会跌宕起快乐,无奈或许就会迸发出从容。

读故事 长智慧

生活就像是一面镜子,你对着它笑,它也朝着你笑;你对着它哭,它也朝着你哭。对同一件事情,不同的人看法不同,感受就不同。把成功写在脸上,把黑暗时刻看做我们的成长时刻,微笑着生活,悲痛或许就会转变成快乐。一个微笑虽然微不足道,却孕育出这么多的美好和希望。在生活的镜子面前,我们又该如何选择呢?

窗外就是蓝天

比尔大学毕业后，应征入伍，被派遣到美国海军第七陆战队第五特遣队。

就在比尔兴冲冲地前去报到一周后，还没等他充分欣赏和享受加州那迷人的海滩、和煦的阳光，他所在的部队便奉命开赴沙漠地区，进行野外生存训练。

对比尔来说，这次训练令他既兴奋又紧张。兴奋的是可以领略沙漠美丽的风光，紧张的是他不知道即将开始的生活是什么样的。然而，初见广袤（mào）沙漠的喜悦和兴奋，也就在他的内心停留了那么两三天，便被严酷的生存训练课所吞噬（shì）。

比尔躺在自己挖的沙窝里，一分一秒地忍受着耐力训练给他带来的孤寂与焦躁。他想找个人聊一聊，可他离最近的列兵约翰也有30米远，他们无法交谈；他想睡一会儿，可又怕毒蛇和沙暴的突然袭击。他只感觉眼前漫天的黄沙仿佛是一台榨油机，正一点儿一点儿将他内心的那份坚强与自信榨干。

然而，这一切只是他们这次训练的开始。

就在他来到沙漠的第15天后，他给他的父亲——一位陆军将军写了封信，希望父亲能利用他在军界的关系将他调离特遣队。

之后，等待便成了他每日军营生活中唯一的希望。

一周后，他接到了父亲的来信，父亲在信中只给他讲了这样一个故事：

那是在第二次世界大战时，在纳粹（cuì）奥斯维辛集中营的一间狭窄的囚室里关着两个人，他们唯一能了解世界的地方，是囚室里那扇一尺见方的窗口。

每天早上，他俩都要轮流去窗口眺望外面的世界。

一个人总爱看窗外的天空，看蓝色天空中的小鸟自由地翱(áo)翔；另一个人却总是关注高墙和铁丝网。前者的内心豁达而高远，后者的心里却充满了焦躁与恐惧。

半年后，后者因忧郁死在狱中；前者却坚强地活了下来，直到获救。

同样的环境为什么孕育了两种不同的人生态度，还有什么事情比一个人每天努力地活下去更了不起呢？还有什么比一个人早上醒来，看见阳光、蓝天，更令人愉快呢？如此一想，比尔的心窗亮了。

接下来的训练中比尔的内心仿佛又充满了活力，他没有辜负父亲的用心，并在那次艰苦的训练中，因表现出色而获得嘉奖。

人生中，确实会有许多问题困扰着你，不同的是：同样的困境中，有的人失败了，有的人成功了。之所以会出现这样的结果，问题就在于有人只希望脱离苦海，有人却希望获得解决问题的力量。

读故事 长智慧

时间可以在我们的身上留下岁月的痕迹，可以带走我们的青春，却不能侵蚀(shí)我们乐观的心灵。环境可以禁锢我们的身体，可以让我们失去自由，但却不能摧残我们坚强的意念。同是一个窗口，乐观的人看到的是小鸟自由翱翔的蓝天，悲观的人却只看到高墙和铁网。保持乐观的心态，心怀希望，窗外就是一片蓝天。

带着微笑上路

1998年7月22日,桑兰代表中国参加在纽约市长岛举办的美国友好运动会,不幸因体操练习中意外失手造成脊髓严重挫伤继而瘫痪。但是这个阳光女孩用她的努力和坚强,以"桑兰式微笑"征服了无数世人。她继国际著名影星成龙之后,成为2008年申奥形象大使,也是2008年北京奥运会火炬手。由她发起,经中华国际医学交流基金会研究同意,设立了中华国际医学交流基金会——桑兰专项基金。她不仅加盟了星空卫视,成为《桑兰2008》节目的主持人,而且在众多媒体上开设了自己的体育评述专栏。

是的,十年来,桑兰带着灿烂的微笑,一路前行。她灿烂的微笑和微笑着的人生,感动了世界。听说一个女孩急急忙忙地准备出门参加一个重要聚会,母亲检查了女儿的行装,确实无可挑剔(tī)之后,又幽默地叮嘱了一句:"别忘了带着微笑上路!"

带着微笑上路!说得多好!

人的一生就是一个行走的过程。人生之路,既有通都大路,也有羊肠小道;既有鸟语花香、阳光灿烂,也有冰天雪地、阴云密布。无论什么时候,遇到什么情景,无论是顺境还是逆境,都要心存坦然,乐观面对,带着微笑上路,勇往直前。

带着微笑上路是一种豁(huò)达。人生在世,既会成功、富有、幸福和欢愉,也会失败、贫穷、受难和痛苦,而且十之八九不尽如人意。因此,要善待得与失,得之淡然,失之坦然。失去了今天,还有明天;太阳落下山,月亮会升起来。留得青山在,不怕没柴烧。在困顿与窘境中带着微笑,是一种超然和大度,犹如雄鹰在狂风中搏击,苍松在冰雪中傲立。

带着微笑上路是一种智慧。外国有句谚语:

别为打翻的牛奶而哭泣！宋朝诗人杨万里有诗云："风力掀天浪打头，只须一笑不须愁。"事已至此，怨天尤人，悲观失望，只会使人丧失斗志，萎靡不振，畏缩不前。只有乐观面对，才能振奋精神，鼓舞士气，增强战胜困难的决心，从而迎来新的机遇。

带着微笑上路是一种希望。在跌倒时微笑，意味着又一次站起；在冰雪中微笑，预示着春天的临近；在失败时微笑，坚定成功的信念；在病痛中微笑，增强战胜疾病的勇气。失去了滔天巨浪，就缺少大海的雄浑；隐息了飞沙走石，就没有沙漠的壮观。人生遇到挫折和磨难，更平添豪迈和壮丽。微笑着走过山重水复，便会迎来柳暗花明。

人生只有一次，活着就是奇迹。善待生命，善待自己。带着微笑上路，在每一个清早，向着天边一抹淡红的晨曦；在每一个春天，面对枝头凸起的苞蕾；在每一次迈出家门，眺望遥远的地平线……带着微笑上路，豪情满怀，精神抖擞，成功和幸福，就在前面守候！

读故事 长智慧

桑兰虽然身体残疾，但却用她的努力和坚强，以"桑兰式微笑"征服了无数世人，以那自信而灿烂的微笑，感动了全世界。人生之路，不可能一直铺满鲜花，我们总会遇到风霜雨雪。无论是顺境还是逆境，我们都要抖擞精神，乐观面对，带着微笑上路，勇往直前。

眼中含泪，就看不清未来

威尔玛·曼基勒是美国近代历史上领导第二大印第安部落切罗基人的女首领。

1978年，还在上研究生院的威尔玛·曼基勒遭遇了一场可怕的车祸：两辆车相撞，另一辆车的司机是曼基勒的好友，她死了；而曼基勒在医院里待了好几个月，她再也不能走路了。

失去了朋友，丧失了健康，曼基勒悲痛万分。未来的日子那么长，自己的抱负还没有实现，难道就要这样告别一切？

此时的曼基勒，迫切地想找到摆脱困境的方法，希望看见生活的希望。既然自己活了下来，就有责任充实地度过余下的人生。为了实现这个目标，曼基勒开始大量读书，她意识到，只有知识才能帮助自己，一味地自怨自艾无济于事。

在车祸发生之前，曼基勒曾经参加过为土著印第安人争取权益的活动。在轮椅上思考了四年后，曼基勒将经验用在了政治活动中，她在选举中获胜，成为切罗基部落副首领，这是这个部落有史以来女性达到的最高位置。又过了四年，曼基勒成为第一位女首领，并且连任了一次。

选举活动对曼基勒来说可谓困难重重，身为女性，她受到了相当大的阻力。但由于她始终保持着清醒的头脑，将部落的未来和族人休戚相关的事放在最重要的位置，所以最终赢得了胜利。曼基勒说："这要归功于那场车祸和康复时期，我觉得那是因祸得福，因为那是我成长的时期，也是为担任领导工作进行准备的时期。我们族有一句古老的谚语：眼中含泪，就看不清未来。只有擦干了眼泪，未来才变得清晰起来。"

担任了三届领导职务后，1996年，曼基勒获得了蒙哥马利奖学金，进入达特茅斯学院学习。这时，重挫再次袭来，曼基勒被检查出患了系统非霍奇金淋巴瘤，已经是第二期了。曼基勒不得不第二次长住医院。

治疗是痛苦的，这期间的曼基勒面色苍白，秃顶，时时感到恶心。虽然外表是被疾病严重摧残着，但曼基勒的精神却空前健康，她唱歌、弹吉他，不允许有一丁点儿消极的思想状态，否则活着也等于是死了。

眼中含泪就看不清未来，那么只要看到积极的一面，就有可能实现任何目标。睁大不流泪的双眼，满怀着信念、希望和乐观的情绪，才能盼望未来的降临。

读故事 长智慧

曼基勒遭遇了可怕的车祸，不仅失去了朋友，失去了双腿，病魔更让她丧失了健康。然而她勇敢地活了下来，克服重重困难，成为杰出的女首领。眼中含泪就看不清未来。让我们擦干眼泪，感激人生的诸多不如意。因为它们磨炼了我们的意志，增长了我们的智慧，让我们变得更加自尊自强，在人生的道路上走得更高更远。

每个人都有两扇窗子

他是一名警察，一个不一般的警察，因为他有着过人的听力。

他凭借窃听器里传来的嘈杂的汽车引擎声，就能判断犯罪嫌疑人驾驶的是一辆标致、本田还是奔驰；当嫌疑人拨打电话时，他能根据拨打不同号码的声音差异，推断出嫌疑人拨打的电话号码。

由于听力超群，他可以辨别不同语言发音的细微差异，这让他成为一个优秀的语言学家和训练有素的翻译。他会说7国语言，包括俄语和阿拉伯语。他还自学了塞尔维亚语和克罗地亚语。可以说，他的脑子就像存储器一样汇集了各种口音，而正是这种语言能力使他成为警局中对抗恐怖分子和有组织犯罪的珍贵人才。

他曾协助同事追捕一名毒品走私犯，但狡猾的毒贩在打电话时故意操一口摩洛哥口音，他听了窃听的电话录音后推断说，嫌疑人应该是来自阿尔巴尼亚。果然，毒贩被逮捕后证实了他的说法。在一起反恐案件中，警方根据他的监听分析报告，成功铲除了一个恐怖组织，维护了国家的安全。

他从警的时间不长，但他利用听力的优势，窃听到了大量珍贵线索。很多疑难的大案、要案，都在他的耳边迎刃（rèn）而解，他屡立奇功，获得过各种奖励和荣誉，及至被称为警队里的"超级英雄"。

没见过他的人，都会羡慕他那神奇的听力和他得到的那些荣誉。但谁也不会想到，这位"超级英雄"手里握着的不是手枪，而是一根盲人手杖，他身边通常没有警车而是跟着一只导盲犬。他叫夏查·范洛，是比利时警察局的一名盲人探员。

因为双目失明，范洛从小就不得不努力倾听周围的一切声响，来辨别自己到底身处何方，躲避身边的危险。因为看不见，从小到大，他在过马路时经常会撞到别人身上，或被一些车撞倒，这总是令他伤痕累累。他也没办法，因为眼前是永远挥不去的黑暗，他恨上帝的不公平，因此变得自闭，自暴自弃。直到17岁那年，他因判断失误，撞在了一辆响着铃的自行车上。

骑自行车的是个同他年龄相仿的女孩，她被撞倒后很生气，冲着戴着墨镜的他大声质问："你为什么要故意撞倒我,看不见吗?"他当时身上撞得也很痛,就激愤地说:"是,我是个瞎子,怎么样?"

"铃按得那么响,你不会用耳朵听吗?"女孩丢下这一句话,扶起自行车愤怒地离开了。他愣在那里,回味着那句话,才突然想到了自己的耳朵。

从此,范洛开始锻炼自己的听力。他在各种场合用各种声音来训练自己的听力,不知吃过多少苦,流过多少汗,受过多少伤,但他一直没有放弃。十几年的艰苦练习,让他练就了天下无双的敏锐听力,直到自己进入警队,成为比利时警界"失明的福尔摩斯"。

范洛从不忌讳别人说自己是个盲人,他常说:"如果我能看到光明,那我现在可能还是一个平庸的人,正因为我看不见,我才会专心努力地去听,结果我听到了别人无法听到的声音。"

一个人生命中的得与失,总是守恒的,我们在一个地方失去了,就一定会在另一个地方找回来,因为上帝送给每个人的都是两扇窗子,当他关闭了其中一扇时,就必然会为你打开另外一扇。

读故事 长智慧

人生有得必有失,我们在某个方面失去的东西,一定能在另一方面重新补回来。有的时候,看似获得,事实上却是失去;看似失去,事实上却有所获得。谁能解释得与失之间的差异呢?别忘了,上帝送给每个人的都是两扇窗子,当他关闭了其中一扇时,就必然会为你打开另外一扇。保持乐观的心态,减轻得失的念头,减少世事带给我们的忧愁,反而会得到更多的快乐。

幽默的曼德拉

幽默的人永远年轻。南非前总统曼德拉，就是一个活生生的例子，80多岁的人却有着孩子般的童心。

2001年，在会见世界拳王刘易斯的时候，曼德拉说自己年轻时也酷爱拳击。于是，刘易斯故意指着自己的下巴让他打，他笑着做出拳击的样子。当记者问他假如年轻时与刘易斯在场上交锋能否取胜时，曼德拉说："我可不想年纪轻轻的就去送死。"

在2000年举行的南部非洲发展共同体首脑会议上，曼德拉作为南非前总统出席了开幕式。在接受南共同体授予他的"卡马勋章"时，他说："这个讲台是为总统们设立的。今天，我这个退休老人上台讲话，抢了总统的镜头，我们的总统姆贝基一定很不高兴。"话音刚落，笑声四起。

这时，主持人为曼德拉搬来一把椅子，请他坐下演讲。他谢过主持人后，说道："我今年82岁，站着演讲双手不会颤抖得无法捧读讲稿，等我百岁演讲时，你再给我搬椅子吧。"笑声再次响起。

曼德拉讲到一半时，弄乱了讲稿的页次，不得不来回翻看。这本是一件尴尬

的事，他却脱口而出："我弄乱了讲稿页次，你们要原谅一位老人。可是，我知道在座的一位总统，有一次发言时也弄乱了讲稿页次，他却不知道，照样往下念。"顿时，一阵哄堂大笑。曼德拉又说："其实，这不是我弄乱的，秘书是不应该犯这样的错误的。"

讲话结束前，他说：

趣闻趣事

为什么向日葵总是朝着太阳开花？

向日葵花盘下面茎部的地方，含有一种叫做植物生长素的物质。这物质有加速繁殖的功用，但却具有厌光性，每遇到光线时，便会跑到背光的一面去。所以太阳升起时，向日葵茎部便马上躲到背光的一面去，看起来整棵植物就向着太阳的方向弯曲了。

"感谢你们把用一位博茨瓦纳老人名字（指博茨瓦纳开国总统卡马）命名的勋章授予我这个老人。我现在退休了，如果哪天没钱了，我就把这个勋章拿到大街上去卖。我肯定在座的一个人会高价收购的，他就是我们的总统姆贝基。"姆贝基情不自禁地笑出声来，连连鼓掌，会场里掌声一片。

曼德拉的幽默乐观，是因为他从不放弃对真理的信仰，从不屈服于黑暗势力。

在苦难的日子里，曼德拉都用幽默达观来应对。当他被判终身监禁，被关在孤岛上时，他每天都坚持长跑并用冷水洗澡，遇见清洁工人都会开几句玩笑。愁眉苦脸的军警百思不解：为什么这个被终身监禁的囚犯每天都能乐呵呵的呢？他怎能理解，在曼德拉幽默的背后，是比金刚石还坚定的信念。

读故事 长智慧

幽默是一种力量，是一种对待生活的态度。把生活中的苦难当作乐趣，对人生进行了深入的思考之后，是对生活的从容与大度。正是有了这种幽默的力量，才使曼德拉即使被判终身监禁，被关在孤岛上时也能苦中作乐，在任何情况下都应对自如。

微笑的力量

天阴沉沉的,乔治坐在窗前,望着外面狭窄的街道,脸上写满痛苦和厌倦。"天啊,"他叹息着说,"这又是一个多么漫长的白天。"

忽然他身体前倾,把苍白的脸贴在窗玻璃上,他看到一个小女孩从街道的另一端走来,书包在她背后摆来摆去。走到窗下的时候,小女孩抬起头,对她露出了愉快和灿烂的笑容。

"多可爱的女孩啊!"当女孩走远后,乔治想,"她每天上学都要经过这里,这真是太好了。她的微笑像阳光一样灿烂。我多么希望每一个路人都像她一样能向上看,并且带着微笑。"

"妈妈",珍妮回到家后对母亲说,"你还记得我跟你说过的那个可怜的男孩吧,那个总是脸色苍白的,看起来很瘦的男孩,今天,我对他微笑了。我真希望能再为他做点什么。"

"明天你上学的时候给他带一束鲜花吧。"妈妈说。

第二天晚上,乔治正坐在窗台上看着雨点一滴滴地从窗玻璃上滑下。突然,他看到珍妮握着一束花,正小心地沿着街道走来。她在他的窗下停住,愉快地微笑着说:"你会喜欢我送的礼物吗?"

那天,乔治对珍妮讲了自己的故事,讲了好久,直到星星都有些困了,才回家去。乔治说,他搬来这里是为了治病,因为他的病需要静养,母亲不允许他去上学,不允许他和别的小男孩一起踢足球,甚至不能走出那间房间。为了给他治病,家里已经花了很多钱,他的爸爸受不了这样的生活,离他们而去。而他的母亲为了挣钱给他治病,每天要工作到很晚,根本没时间陪他,所以他只能每天安静地呆在家里。

那晚的珍妮第一次失眠了,她不知道有什么方法可以帮助可怜的乔治,她希望他能快乐起来,而不是每天苍白着脸看别的孩子快乐的笑脸。

第二天,珍妮告诉了妈妈乔治的故事,并且说:"妈妈,让爸爸给他们一些钱吧,这样就可以给乔治治病了。"

"不,爸爸不能这么做。"妈妈说道,"他们也不想他那样做的,但或许能有其他的办法可以帮助他们，让他们生活得更好一点。"

"明天我要给乔治带一些葡萄。"珍妮翻着手里的书说。

"我再带一些桃子和你一起去吧。"妈妈说，"但我们还应该带一件东西给他们，有时它比好吃的东西甚至比钱更重要。"

"妈妈，那是什么呢？微笑吗？"珍妮抬起头好奇地问道。

"是的，"妈妈说，"如果能在微笑的同时再说些鼓励的话，那就更好了。"

第二年，在珍妮父母的帮助下，乔治的父亲回来了，他认识到了自己的错误，并努力弥补着自己的亏欠。可是，乔治还是去了天堂，尽管珍妮每天都给他讲一个故事——上帝还是将他带去做了天使。小小的墓碑上，乔治是笑着的，像盛开的太阳花一样，墓碑旁边是珍妮送的那束花。现在的他是一个微笑的永恒的太阳。

而珍妮后来成为了一名志愿者，她总是微笑着面对每个需要帮助的人们，因为她相信，微笑是世界上最伟大的力量。

读故事 长智慧

微笑是世间一抹温暖的阳光，微笑是一朵绽放在脸上的鲜花。微笑是人内心的可贵的勇气和力量。有时候，一个微笑，一句鼓励，往往比食物和金钱更能帮助人树立生活的信心和希望。面对挫折还能微笑的人，自然会拥有无限的力量。

 我的故事

我要乐观地生活

生活虽然是残酷的，可路是人走出来的。穷途未必是绝路，绝处也可逢生。就如张海迪姐姐吧，5岁的时候，她因患脊髓血管瘤造成高位截瘫。在残酷的命运面前，她没有沮丧和沉沦，她以顽强的毅力和恒心与疾病斗争，经受了严峻的考验，对人生充满信心。她虽然没有机会走进校门，却发奋学习，学完了小学、中学全部课程，自学了大学英语、日语、德语和世界语，并攻读了大学和硕士研究生的课程。她怀着"活着就要做个对社会有益的人"的信念，以保尔为榜样，勇于把自己的光和热献给人民。

对照而看，我们个个都是四肢健全的人，却不懂珍惜自己的生命，父母只是说一两句，就要生要死。承受不起生活中的波浪，没有那种对待任何事都抱着乐观的态度的精神，在风波面前抬不起头，接受不了生活中的考验。在父母批评你的时候，是否乐观地想过，父母这样是为自己好；在面对困难的时候，是否乐观地想过，这是在考验你的意志。

一个人生命的价值在于为祖国富强、人民幸福而勇敢开拓、无私奉献，即使翅膀断了，心也要高高地飞起。让我们一起来放飞载着理想的风筝吧！

我要做个乐天派

曾经有这样一段话：有个乐天派从12层楼掉下，每经过一层楼的窗口，他就对在楼下心惊胆战的朋友高喊："瞧，我现在还没事呢。"为什么乐天派会如此愚蠢，但仔细品味，并不是这个乐天派愚蠢，而是他有着乐观向上的精神。人要活得积极乐观，是这段话给我最大的启示。

面对坠楼身亡的危险，那个乐天派表现出的毫不畏惧、乐观向上的态度深深感染了我。他没有忘记安慰替他担心的人。面对困难，我们不要退缩，我们不应该放弃；面对失败，我们不能垂头丧气，我们不能伤心落泪；面对

伤痛，我们不会让眼泪白流，我们不能因伤痛而失去勇气；面对所有事情，我们都要乐观向上。乐观向上，是一种精力充沛、心胸豁达的体现；乐观向上，打败了斤斤计较、患得患失的小气；乐观向上，甩开了意志消沉、情绪低落的自我封闭；乐观向上，消除举棋不定、畏(wèi)首畏尾的怯懦。一个人的成功，是有着乐观相伴的，因为乐观向上，使他冲开了多少感情的磕(kē)磕碰碰，使他向最高峰高喊："我永不放弃！"

一个乐观者在每种忧患中都看到一线闪光的希望，而悲观者却在每一个机会中都看到一种可怕的忧患。聪明的你会选择哪一个呢？

挫折，要乐观面对

成长中，挫折是重要的，人的一生没有了挫折，那么生活就失去了多姿多彩。

挫折是成长的调味品，乐观是他的强劲对手。挫折，我经历过；乐观，我也曾面对过。

记得在2005年3月份的一天，那是个特殊的日子，我跟爸爸妈妈一起来到了深圳会堂——我报名参加了深圳首届青少年钢琴大奖赛。到了深圳会堂，演奏开始了，我坐在座位上，仔细地倾听着其他选手的演奏。他们那娴熟优美的动作、悠扬动听的琴声，使我来时的兴奋与激动，似乎一下子变没了。我心情沉重地坐在座位上，我的号数排在后面，听了前面哥哥姐姐演奏的曲子，对比一下，我差得远了。我真希望有分身术，灵魂飘到家里再刻苦地多练一会儿琴。

时间过得可真快，到我了，我到了舞台上，弹、弹、弹……我好像才发现我弹的曲子是那么不流畅。

下了台，我的心情为我弹的曲子而难过，妈妈看到了，就鼓励我说："没事的，以后多努力。"可我知道，这都是因为我平时没有去努力，所以才会有这样的挫折。我知道，命运是无情的，我这次是进不了复赛了，以后可要一定多努力了。

"加油"这个词一直在我的耳边环绕着。

几天后，比赛结果出来了。事实证明：一分耕耘，一分收获。我的预感是正确的——我失败了。可是我并不想哭，也并不想难过，因为这次的经历告诉我："挫折是一笔财富，他让我懂得了，努力才能有好的成绩。"我要乐观地去面对生活，这样才能真正地让我有所收获。

第六章
滴水之恩当涌泉相报
——常常心存感激

藏起母亲的秘密

琐碎的爱

最需要关怀的心灵

独特的毕业礼物

点点滴滴的幸福

画上的那只手

赠人玫瑰，手留余香

撑开心中的那把伞

一张8分钱的邮票

生活对爱的最高奖赏

藏起母亲的秘密

母亲病了,在特别繁忙的工作中倒下了,住进了医院,卧床不起。远在故乡的姥姥知道了,爱女心切,立即拖着臃肿的身体,从千里之外的南方小城心事焦灼地赶来看望母亲。

母女俩阔别已久,待病床前见面时,居然相拥而哭,惹得旁人也掉了眼泪,也被感动了。

姥姥开始不停地嘘寒问暖,唠叨不停,手也不停交互揉搓着,可见她心中的急切。

她问母亲:"你到底感觉如何?气色这么不好。"

母亲微笑着说:"感觉还好,就是没有什么食欲,米饭都不想吃。"

姥姥急了,说:"孩子,不吃东西怎么行呀?你想想到底想吃点什么?"

母亲诡秘地笑了:"其实我就想吃你包的芹菜饺子。"姥姥顿时微笑起来,起身拉我回家,和面包饺子去了。

在一个多小时后,芹菜饺子终于做好了,个个饱满鲜香,姥姥将它装进保温饭盒,扯着我就匆匆出门了。到医院的时候,母亲见着饺子就高兴起来,仿佛犯馋很久了。连忙伸手去接,却忽然想起自己的手脏,于是要外婆去打点水回来洗手,外婆自然起身去了。刚去一会儿,母亲也对我说:"儿子,这离卫生间有点远,去帮帮外婆端水。"于是我也去了。

把外婆接回来的时候,我们忽然看见母亲已经吃开了。母亲笑着说:"嘴巴实在馋了,干脆吃了。"我看母亲的饭盒,里面只剩三两个饺子了。

接下来的几餐,母亲依然病重,但食

欲却变好了，总是把姥姥的饺子吃个精光。

第二天晚上，我留下来陪母亲。母亲在一旁看书，而我坐在桌前写东西。

此间，一个不小心，笔掉在了地上，滚进了母亲的病床底下。于是我伸手去摸，笔没摸到，却摸到一袋东西。拖出来一看，我满脸惊讶，竟然是一大袋饺子。

我连忙问母亲怎么回事，母亲叫我塞回去，红着脸说："待会你拿去扔了，不要让姥姥看见了。"

"你没食欲，那你还叫姥姥包饺子干什么？"

"你姥姥千里迢迢（tiáo）来照顾我，要是帮不上忙，眼睁睁地看我生病，会很伤心的。知道不？"

我顿时被母亲的话震撼了，终于醒悟过来：原来母亲让姥姥包饺子却又用心良苦地深藏起来，居然只是成全老人的一番爱意。

我提着一袋沉甸甸的饺子来到病房后院，扬手一挥，饺子被隐没在黑色的夜里。秘密已经被我藏起来了，但是我知道有一种沉甸甸深藏心底的爱意，却永远挥之不去。

读故事 长智慧

世界上总有一份沉甸甸的恩情，我们无法偿还，那就是母爱。从襁褓（qiǎng bǎo）中嗷嗷待哺的婴儿，到满地蹒跚（pán shān）学步的儿童，再到成长为青葱少年，我们的成长历程灌注了母亲多少心血，倾注了母亲多少精力。即使我们已经成家而离开家乡，母亲依然会牵肠挂肚，默默地送来无尽的关爱和祝福。

琐碎的爱

记得那是大学的一堂讨论课。课上，老师让我们讨论什么是天底下最伟大的爱。我的邻座站起来为我们讲了这样一些事：

"我是在一个偏僻的乡村长大的。小学毕业以后，我考上邻村的乡中。就在那一年，父母的生活好像一下子改变了许多。每天早上，母亲比平时起得更早了，蒙眬中，听见她穿好衣服，先给我掖一掖两肩的被角，或者把我露在外的胳膊放到被窝里去，然后才轻手轻脚地出去填水、淘米、煮饭。父亲也开始睡不着，粗声大气地起来，披着件衣服就出了院。

我又在睡梦中不知过了多少时候，母亲在我的耳边轻唤。等我起来后，母亲早把热粥端上炕。我坐在炕上'呼呼'地喝粥，母亲便在炕底下站着。我喝到什么时候，母亲就站着等到什么时候。末了，母亲等我一碗喝尽，重新给我填满后，才扭身出院，帮着父亲干些营生。

外边还黑着，由于全村只有我一个人上初中，每天父亲都要送我去。到学校后，天刚麻麻亮，学校的门口开始有星星点点的人。父亲便远远地站住，一直看着我进了学校，进了教室后，才转身回去。

升到高中的时候，哥哥把全家搬进了城。我在城里上重点高中，但还是走读。学校有夜自习，学校大门的左侧，有一棵歪脖的榆树，每天到很晚的时候，下了夜自习，我出校门时总有一个人站在这棵树的左右等着我，多少个夜晚，无论刮风还是下雨，从来没有间断过。不是父亲，就是母亲，等着接我回家。

有一年冬天，下大雪。父亲骑车带着我在往家赶的路上重重地摔了一跤，我摔在了一边，父亲摔在了比我更远的地方，自行车在光滑的冰面上躺着，轮子还在飞速地转动着。父亲先我一步爬起来，过来一把扶起我，昏黄的路灯下，父亲一边给自行车正轮子，一边不好意思地看着我，满脸浮动着尴尬的表情，嘴里还连连说些人老了不中用之类的话。那一个晚上，父亲把我推回家。结果，第二天我才发现父亲的腿已经摔坏了，可是粗心的我并不知道，父亲是一瘸一拐地把我推回家的……"

她接着说："前些天，我在学校阅览室看到了一篇文章，是写鸟雀如何哺育自己的雏儿的。文章有一段是这样写的：一只燕子有时为了一条虫子，要飞上几十里的路程，在田间地头往返无数次；一只麻雀为了得到一粒米，要穿梭无数个农家，甚至有时不惜性命闯进农家的粮仓。它们就这样来回地奔波，从来没有顾及过自己的汗水、鲜血以及生命。直到有一天，所有稚嫩的翅膀突然展开，消失在蓝天。

伟大的爱更寓于平凡和琐碎当中。它可能就琐碎到鸟雀寻找一只虫子、一粒米那样大小，甚至小到我们看不见、感觉不到，可是正是这些爱，像一盆炭火，像一缕阳光，实实在在，贴心贴肉，温暖着我们的手足，温暖着我们的心窝，默默地陪我们走完人生之路而没有怨言不求回报，我觉得这才是这个世界上最真挚(zhì)最朴素的爱。"

那个女同学讲完之后，班上立刻爆出了热烈的掌声，那是我所听到的最热烈的一次掌声。

读故事 长智慧

一只燕子为了一条虫子，要在田间地头往返无数次；一只麻雀为了得到一粒米，要穿梭无数个农家。父母就像那辛苦奔波的鸟儿一样，默默挥洒着无私的爱。这平凡而又伟大的恩情，感人至深，永存人间。父母的牵挂，就像雨后空中那道彩虹，绚烂多彩；父母的牵挂，就像炎炎夏日的阵阵清风，给你带来阵阵凉爽；父母的牵挂，又像那爬满墙头的密密麻麻的青藤，剪不断，理还乱。望着父母那历经沧桑的脸，我要深深地说一句：谢谢！

最需要关怀的心灵

那是初三的一次期末考试,那天考的好像是历史。时间过半的时候,我照例到考生中间转了转。转到墙角的时候,我发现一个学生的字写得特别大,而且乱,就俯下身子小声对他说:"把字写小点。一来容易写整齐了,二来在有限的空间内会让你答的内容更翔实更丰富,不容易丢分。""另外,"我又补充了一句,"这样,到中考的时候,你就会考上一所更好的学校。"说完后,我就回到了讲台上。然而,我发现这之后,刚才被我说过的学生很长时间没有答题,只是低着头不断地摆弄着手里的那支笔。

那场考试很快就过去了,那个学生叫什么我不知道,甚至他长什么模样我也没有记住。此后,我又教了初一,然后初二、初三一轮一轮地往下走,日子像流水一般消逝着,而上面那件事,也早在我的记忆中烟消云散了。

去年秋末的时候,我突然收到一封来自外省某中学的信。打开信,落款是一个陌生的名字。好奇心促使我迅速地浏览起来:

马老师,你还记得几年以前的那场考试吗?那天,我正准备在试卷上随便涂抹几个字就交卷,这时候,你走了过来,要我把字写小点,我其实挺反感别人对我指手画脚的。然而,你后边所说的话,却让我在考场上一直怔怔地坐了半天,直到考试结束的铃声响起——那是我唯一一场坚持完的考试。实话对你说,当时我是一个学习极差的学生,从来没有一个老师对我寄予过希望,在我的脑海里,也没有一个人对我说过"你能考上"的字眼。你那天所说的"这样,你就会考上一个更好的学校"像一枚石子,在我已死的心湖里掀起波澜(lán)。马老师,你知道你的这句话给我的勇气和力量吗?复习的那一年里,我咬紧牙关,从最简单的知识开始学起。第二年,我居然考上了外省的一所师范学校。

更重要的是,你的爱,让现在一样是教师的我懂得了该什么时候俯下身来,给最需要帮助的学生一次肯定,一个微笑,一个眼神,因为他们的心灵需要这样细小的关怀和爱……

天哪!我哪里知道,多年前,我早已忘掉的一句话,竟然给了一个孩子这样的帮助和鼓励。那仅是火柴头大的一点火焰啊,可对于一颗渴望温暖的心灵来说,竟是爱的全部。看来,这个世界没有最大的爱,只有最需要的爱,只要我们肯拿出来,即便这点爱小到米粒或草芥那么小,也总会有一颗最需要的心灵,得到它的呵护和抚慰。

读故事 长智慧

在学习上老师就像一位导游,带领我们在知识的果园里徜徉,摘取秋天的硕果,品尝着成功的喜悦。在遇到困难时,老师就像大姐姐一样,带领我们一同翻山越岭。当我们犯错误时,还是老师,用自己的心血和温情,再一次荡涤每一个学生心灵上的灰尘。老师的一次肯定,一个微笑,甚至是一个眼神,对学生都有着非凡的意义。尤其是那些成绩并不突出的学生,因为他们的心灵更需要这样细小的关怀和爱护。

独特的毕业礼物

四年同窗，就要分别，不少人都在准备毕业的礼物送给同学。我发现只有林志默默地坐在一边。我知道他来自边远的山区，家里穷，没有钱买什么礼物送给同学。

看到他这样，我们就停止谈礼物的事。他见我们沉默了，就笑笑，说："我也要给大家一份礼的。"我们劝他："没必要啊，有这份心意就行了。"他说："我是真心的。"

林志和我是一个寝室的。四年来，我们朝夕相处。因此，他的情况我比较清楚。

每次开学的时候，他都会从家里带两罐子腌萝卜、腌咸菜来，不为别的，就为下饭。每天吃饭时，他只打饭，然后就回寝室吃他的腌咸菜。尽管如此，他还是节省着吃，尽量让腌咸菜吃得久一点。可再怎么节省也吃不了一学期呀。看到他学期末吃白饭的时候，同学们都会自觉地资助一点饭菜票给他。我呢，因住在市内，时不时地会从家里带点鱼呀肉呀什么的，让他尝尝荤。星期天，我们住市内的同学也会轮流邀他到家里玩，其实也有让他改善伙食的意思。

冬天的时候，他穿着单薄，同学们会把自己家的衣服送给他，虽然都是旧的了，可大家知道，林志需要。可以说，四年来，班里的35名同学，就有34名帮助过他。

虽然家境贫寒，可林志学习很用功，在我们打牌、聊天、听音乐会或者谈恋爱的时间里，他不是在教室就是在图书馆。而且，他还会把自己点点滴滴的感受写成文字，寄到报社发表。他用得到的稿费来交学费或买书，我们也曾戏言要他请客，但我们一次也没真要他请过。我们知道，每一笔稿费对他来说都很重要。

毕业典礼就在我们的教室里举行，同学们互写赠言、互送礼物。四年里，虽然也有恩怨，也有辛酸，可想到马上就要天各一方，再也没有这样相聚在一起的时光了，心头都不免有些酸楚。

这时候，我发现林志不见了。林志呢？正当我们要寻找他时，他却抱着一摞笔记本进来了。怎么这么俗呀？都毕业了，还给大家送笔记本？他没理会大家，往每人手里塞了一本。然后，走上讲台，打开笔记本并举着说："这是我四年来发表的作品，我精选了35篇出来，我发现，每个同学都给过我帮助，每个同学的关怀我都用笔记录了下来。我把它们复印并贴成了35个笔记本。大家给我的帮助我无以回报，但这些真挚的情感会一辈子留在我心里！"他深深地鞠躬，久久没抬起头来。等他抬起头时，我发现他已热泪盈眶。

静，静得可以听到心跳的声音。我们都被感动了。我们当初的付出真的是微不足道的，但我知道，因为有了这个特殊的礼物，我们之间的友情，变得更加珍贵了。

读故事 长智慧

帮助，是春风梳柳的轻柔，是夜雨润花的滋养，是扶助推货车人的一臂之力，是帮小朋友捡一下羽毛球的拍拍手，是为别人指明路线的几句话，更是危急时刻的及时搭救。别人的帮助，不是为获取利益，而是一种心灵的坦然，一种人格的健全。对于别人的帮助，即使是微不足道的，我们也要心怀感激。拥有一颗感激之心，能使亲情更加浓厚，友情更加长久。

点点滴滴的幸福

一直以来,"感恩"在我心中是"感谢恩人"的概念。"恩人"者,乃于己有大恩大德者。而在美国的一次偶遇却让我悟出了感恩的另一层意味。

那是在洛杉矶的一家旅馆。早晨,我在大堂的餐厅里就餐时,发现自己的右前方有三个黑人孩子,在餐桌上埋头写着什么。在就餐的时间、就餐的地方,这三个孩子却没做与吃饭有关的事。我难以按捺心中的好奇,试探着走了过去。在这些孩子的应允下,我坐在了他们旁边。看到我这样一个肤色不同的外国人到来,他们没有一丝扭捏,而是落落大方地和我谈了起来。这三个孩子中一个约摸十二三岁戴眼镜的男孩是老大,女孩八九岁是老二,另外一个小男孩五六岁是老三。从谈话中我了解到他们和母亲暂时住在这家酒店里,因为他们正在搬家,新房还未安顿好。

当问他们在做什么时,老大回答说正在写感谢信。他一副理所当然的神情让我满脸疑惑。这三个小孩一大早起来写感谢信?我愣了一阵后追问道:"写给谁的?""给妈妈。"我心中的疑团一个未解一个又生。"为什么?"我又问道。"我们每天都写,这是我们每日必做的功课。"孩子回答道。哪有每天都写感谢信的?真是不可思议!我凑过去看了一眼他们每人手下的那沓(dá)纸。老大在纸上写了八九行字,妹妹写了五六行,小弟弟只写了两三行。再细看其中的内容,却是诸如"路边的野花开得真漂亮"、"昨天吃的比萨饼很香"、"昨天妈妈给我讲了一个很有意思的故事"之类的简单语句。我心头一震,原来他们写给妈妈的感谢信不是专门感谢妈妈给他们帮了多大的忙,而是记录下他们幼小心灵中感觉很幸福的一点一滴。他们还不知道什么叫大恩大德，只知道对于每一件美好的事物都应心存感激。他们感谢母亲辛勤的工作，感谢同伴热心的帮助，感谢兄弟姐妹之间的相互理解……他们对许多我们认为是理所当然的事都怀有一颗"感恩的心"。

其实，"感恩"不一定要感谢大恩大德，"感恩"可以是一种生活态度，一种善于发现美并欣赏美的道德情操。人生在世，不如意事十有八九。如果我们囿（yòu）于这种"不如意"之中，终日惴惴（zhuì）不安，那生活就会索然无趣。相反，如果我们像这些孩子一样，拥有一颗"感恩"的心，善于发现事物的美好，感受平凡中的美丽，那我们就会以坦荡的心境、开阔的胸怀来应对生活中的酸甜苦辣，让原本平淡的生活焕发出迷人的光彩！

读故事 长智慧

路边的野花开得真漂亮、昨天吃的比萨饼很香、昨天妈妈给我讲了一个很有意思的故事……送给妈妈的一封封信，虽然只有只言片语，却记录下孩子们幼小心灵感悟幸福的点点滴滴。他们不知道什么叫大恩大德，却知道对于每一件美好的事物都应心存感激。善于发现平凡生活中的微小细节，感谢平凡中孕育的美丽和感动。

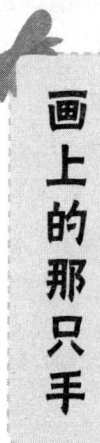

画上的那只手

前不久看到一则美国故事：感恩节的前夕，芝加哥的一家报纸向一位小学女教师约稿，希望得到一些家境贫寒的孩子的图画，图画的内容是他们想感谢的东西。

孩子们高兴地在白纸上描绘起来。女教师猜想这些贫民区的孩子们想要感谢的东西是很少的，可能大多数孩子会画上餐桌上的火鸡或冰淇淋等。

当小道格拉斯交上他的画时，她吃了一惊：他画的是一只大手。

是谁的手？这个抽象的表现使她迷惑不解。孩子们也纷纷猜测。一个说："这准是上帝的手。"另一个说："是农夫的手，因为农夫喂养了火鸡。"

女教师走到小道格拉斯——这个皮肤棕黑、又瘦又小、鬈（quán）头发的孩子面前，低头问他："能告诉我你画的是谁的手吗？"

"这是你的手呀，老师。"孩子小声答道。

她回想起来了，在放学后，她常常拉着他黏（nián）糊糊的小手，送孩子们走一段。他家很穷，父亲常喝酒，母亲体弱多病，没工作，小道格拉斯破旧的衣服总是脏兮兮的。当然，她也常拉别的孩子的手。可这只老师的手对小道格拉斯却有非凡的意义，他要感谢这只手……

趣闻趣事

猫的眼睛为什么会在晚上发亮

猫的眼睛发光的奥秘在于那层由透明细胞组成的薄薄的反射层。当光线透过角膜和晶状体落到感光视网膜上，它便被完全吸收，有一部分光能到达内血管膜，被透明细胞向后反射，穿透视网膜，增强了眼睛的感光灵敏度，最后形成一道细小的光束向外发射，使猫在夜里也能看清东西。

的确，一生中我们每个人都有需要感谢的东西，其中不仅仅有物质上的给予，也包括精神（心灵）上的支持，比如得到了自信和机会。对很多给予者来说，也许这种给予是微不足道的，可它的作用却常常难以估量。在我们的一生中遇到许许多多值得回忆和留恋的人，包括亲人、爱人、同学、朋友、老师等等。这些人在每个人的生命旅程中，都曾给过我们关爱，给过我们帮助，他们是我们终身感恩至念的人。没有阳光，就没有日子的温暖；没有雨露，就没有五谷的丰登；没有水源，就没有生命；没有父母，就没有我们自己；没有亲情、爱情和友情，就没有爱的温暖相伴。心存感激，让我们以知足的心去体察和珍惜身边的人、事、物；心存感激，让我们在渐渐平淡麻木了的日子里，发现生活本是如此丰厚而富有；心存感激，让我们领悟和品味命运的馈赠与生命的激情。感谢天地，感谢命运，天地宽阔，道路坎坷，但只要心中有爱，心存感恩，我们就会努力，我们就可以前行。

读故事 长智慧

老师送这个皮肤棕黑、又瘦又小的小男孩回家的时候，时常牵起他黏糊糊的小手。这一个激小的举动却带给这个贫穷的孩子非同寻常的意义。不仅是心灵的支持，更像是那无私的太阳，源源不断地输送着光明和温暖。没有人能够独自成功。每一个成功者的背后，都需要很多双无私援助的手。在现代社会，想成功，必须仰赖合作者的帮助。在生活中，我们要积极争取各方面的支持，心存感激；同时，也要对别人热情地奉献出自己的一份关爱之心。

撑开心中的那把伞

她来自极遥远的一个农村，在这所大学里，也应该是最贫困的学生了。她的家乡极偏僻，离最近的县城也有100多公里，因为土地贫瘠而稀少，那里的人们都相当的穷。而她家却比别人家更为困难，因为要供一个孩子上学。所有的经济来源就是那几亩薄地和院子里的十几只鸡了。

上大学后，她的家更为窘（jiǒng）迫，可即便如此，父母还是极力地支持她上学。虽然父母每日为了她而辛勤劳作，可她却并没有多少感恩之情，甚至还有一丝埋怨，更谈不上什么幸福了。对贫穷的憎恶，使得她对自己的父母和家庭也有了浅浅的厌倦。

有一天和同学在街上闲逛，当时正是盛夏，太阳毒毒地在头顶悬着。忽然她就惊奇地发现，许多人都撑着伞在行走。她从没见过现实中的雨伞，只在村长家的电视中看见过。于是她问同学："没下雨她们打着伞干什么？"同学惊奇地看着她说："遮挡阳光啊！"她的脸立刻红了。

那些伞一直在心里飘啊飘的，挥之不去。她想到了自己的家乡，那里的人连一件塑料雨衣都没有，而那里的夏天总是大雨滂沱（pāng tuó），晴天时更是炎热无比。父母总是在大雨中去田里干活，把那些秧苗及时地扶正。更多的时候，是在烈日下劳作。她想起了父亲肩上晒脱的一层又一层的皮，和母亲红肿的后背。要是有把伞就好了，父母就可以不怕日晒雨淋了。第一次，她的心中涌起了对父母的心痛之情。

她去商店看过，一把最普通的伞也要十元钱。十元钱，对于她来说，是近一个月的生活费，对父母来说，是在暴雨烈日下劳动不知多少时日才能换得的。她开始攒钱，在暑假来临之前，终于拥有了一把淡蓝色的伞。

放假了，坐了一夜的火车，她回到了县城，又转乘去镇上的客车。从镇上到自己的村子，还有30里的土路。她在太阳底下，紧紧地攥着那把伞，却舍不得把它撑开，尽管阳光晒得身上火辣辣地疼。离村子还有10里路的时候，天色突变，一会儿工夫便下起大雨来，她一下便被淋透了。可她依然没有撑开伞，她要把这把伞的第一次让父母去体验。

快到村子时，她没有回家，直接向自家的田里走去，她知道父母此刻一定在田里干活。当父母的身影隔着雨幕映入眼睛时，她喊了一声，跑过去，浑然不顾泥水溅在身上。父母见到她，很惊喜地说："这么大的雨，咋不直接回家？"她把伞撑开，举到父母的头顶，伞下立刻便出现了一个无雨的空间。父母高兴地说："这玩意儿真好，雨浇不着了！"她看着父母满足的神情，心底柔柔地痛。回去的路上，雨过天晴，太阳的威力再度显现出来。她仍把伞举在父母的头顶，阳光便一下子被赶跑了。父母的惊喜更增了一层，没想到这样一把伞，居然有这么大的作用。

长到 20 岁，她第一次有了幸福的感觉，而这份幸福，是在父母沧桑的笑纹中找到的。她忽然明白，幸福一直都在，只是她没有像撑伞一样把它撑开，而是一直都收敛在心底。

是啊，只要撑开心中那把幸福的伞，那么生命便会有一片无雨的天地，便会有一个清凉的世界。

读故事 长智慧

我们很小的时候，是他们教会我们拿勺子用筷子，教会我们说第一句话，教会我们做人的道理。他们也有变老的时候，会用不惯新奇的东西，会接不上我们的话，会啰哩啰嗦讲一些老掉牙的故事。可是，他们是陪伴我们一生的亲人，总有一份极其平凡却又深厚的感情留在他们的心里。他们就是我们值得感谢一生的父母。当他们老的时候，请撑开心中的那把伞，为父母遮风挡雨。

一张8分钱的邮票

那年,她才16岁,一个人从农村挣脱出来上了省城的戏校。

只有她,是一个人背着行李来到省城的。很多孩子都有人送,但她很知足很高兴,因为第一次看到这么大的城市,还有宽阔的马路和那么多的公交车,新鲜感让她兴奋不已。她是个苦孩子,家里真的是一穷二白,上学的费用,是父母卖菜、卖粮食或者捡些破烂卖钱供她的。

所以,她上学只有戏校发的一套衣服,鞋子除了戏校发的,要再买一双,因为她要比别人付出更多的努力,别人6点起来练功,她4点半就起来了,因为她懂得,父母供她上学是多么难。从小,她是个捡煤核长大的孩子。

每个月,她会给母亲写封信报平安,说她在这里一切都好,那封信是联系她和父母的温情纽带。

那个月,她只有5分钱了,而邮票要8分钱一张。

她写好了信,却寄不出去,因为差3分钱,一枚邮票就能中止她和父母的联系。但她多想让父母看到这封信啊,于是她和自己的同学说:"可以先借我一张邮票吗?"

她的善良的同学递给她一张说:"给你一张吧,不用还了。"

那一刻,她几乎感激涕零,也从此把那个同学的名字刻进了心里,很普通的名字——刘亚萍。多年后她成名了,接受电视台采访,回忆往事时依然眼里有泪光。

因为那8分钱的邮票。

在她最困难的时候,在她只剩5分钱的时候,那张邮票胜过黄金万两。

在信的最后她告诉妈妈:"我没钱了,同学给了我一张邮票。"

还是多年后,已经成了歌唱家的她唱了一首脍炙人口的好歌《想起了老妈妈》,那首歌让所有人泪湿衣襟。

因为她是用心在唱,只有用心唱出的歌,才能打动我们已经麻木了的心。

那个看电视的晚上,因为她的讲述,我落了泪,为那张她记得的8分钱的邮票,为她一直记得那个叫刘亚萍的女子,还有,为她对父母的那份心,那份爱。

她叫于文华。我们都知道的明星人物,来自最底层,捡过煤核,吃过太多咸菜,穿过太多破衣服,但她含泪说:"我从不抱怨,因为过去的那些是我的一笔财富。"

至今她仍然是个朴素的女子,从不糟蹋一粒粮食,因为她是从苦日子中走过来的,并且她懂得感激,那艰难日子里给过她帮助的人让她难忘,那一张小小的邮票,给了她极大的温暖。

读故事 长智慧

一张小小的8分钱的邮票,影响了一个女子的一生。因为在她最困难的时候,在她只剩5分钱的时候,那张邮票成为她联系家乡的父母的温情纽带,足足胜过了黄金万两。就像《让世界充满爱》那首歌唱的那样:"只要人人都献出一点爱,这世界将会变成美好的人间。"

好孩子成长宝典　告诉大家，我是最棒的

生活对爱的最高奖赏

多年前有个鞋匠，在小城一条街的拐角处摆摊修鞋，寒来暑往，也说不清有多少个年头了。

一个冬天的傍晚，他正要收摊回家的时候，一转身，看到一个小孩在不远处站着。看上去，孩子冻得不轻，身子微蜷着，耳朵通红通红的，眼睛直愣愣地盯着他，眼神呆滞而又茫然。

他把孩子领回家的那个晚上，老婆就和他怄了气。对于这样一个流浪的孩子，有谁愿意管呢？更何况，一家大小好几张嘴，吃饭已经是问题，再添一口人就更显困窘。他倒也不争执，低着头只有一句话：没人管的孩子我看着可怜。然后便听凭老婆唠唠叨叨地骂。

尽管这样，这孩子还是留下来了。鞋匠把孩子留在身边，一边在街上钉鞋，一边打听谁家走丢了孩子。

两年多的时间过去了，并没有人来认领这个孩子，孩子却长大了许多，懂事、听话而且聪明。鞋匠老婆渐渐喜欢上了这个孩子，家里再拮据，也舍得拿出钱来为孩子买穿的和玩的，街坊邻居都劝他们把孩子留下来，鞋匠老婆也动了心思。有一天吃饭时，她对鞋匠说：要不，咱们把他留下来当亲儿子养。鞋匠闷了半晌没说话，末了，把碗往桌上一放：贴心贴肉，他父母快想疯了，你胡说什么。

鞋匠还是四处打听，他一

刻也没有放松对孩子父母的找寻。他求人写下好多寻人启事，然后不辞辛苦地贴到大街小巷。风刮雨淋之后，他又重新再来一遍。甚至有熟人去外地，他也要让人家带上几份帮他张贴。他找过报社电视台，他把该想的办法都想了，心中只有一个念头：一定要找到孩子的父母。

终于有一天，孩子的父母寻到了这个地方，他们只是说了几句感谢的话，就急匆匆地带着孩子走了。鞋匠并没有计较什么，只是一起摆摊的人都揶揄他，说他傻，他总是呵呵一笑，什么也不说。生活好像真的跟鞋匠开了玩笑，这之后便再没有了孩子的任何音信。后来，他搬离了那座小城，一家人掰着指头计算着孩子的岁数，希望长大了的孩子能够回来看看他们，但是，没有。再后来又数次搬家，直到他死，他也没有等到什么。

若干年后，一个有德有才的小伙子因为帮助寻找失散的人出了名，他在互联网上还注册了一个专门寻人的免费网站。令人惊奇的是，网站竟然是以鞋匠的名字命名的。进入网站，人们看到，在显要位置上，是网站创始人的"寻人启事"。他要寻找的，就是很多年以前，曾经给过流落街头的他无限关爱和帮助的那个鞋匠。

网站主页上，滚动着这样一句耐人寻味的话：当你得到过别人爱的温暖，而生活让你懂得了把这温暖亮成火把，从而去照亮另外的人的时候，不要忘了，这就是生活对爱的最高奖赏。

读故事 长智慧

一个流浪的小男孩被鞋匠收养，后来在鞋匠的帮助下找到了失散的亲生父母，他对鞋匠心怀感激。自此他注册网站，专门帮助其他失散的人寻找亲人。当我们得到别人的帮助时，不要忘了对帮助过我们的人表示感谢，同时，我们也要承载起爱心接力棒，为世界奉献一份爱心，让更多的人感受到温暖的关爱。

我的故事

感恩，父亲是我最好的老师

我想学会感恩，却找不到老师。后来我才发现，我的父亲就是我最好的老师。

奶奶本住在那间破旧的老屋里。她说一个人过自由，比跟着我们要舒服多了。可是，她那屋子一到下雨天，外面大雨，里面便是小雨霏霏。父亲见状多次要奶奶搬过来一起住，哪知奶奶却执意不肯，父亲只好一次次地帮奶奶修补房子。去年，奶奶连自己做饭都有困难了，最后在父亲的反复劝说甚至还有点强迫的意思之下终于还是搬了过来。

我不太明白父亲为何要这样，为何非要让奶奶搬过来，而正在此时，又发生了一件让我迷惑的事。

每天饭做好后，父亲就赶紧去叫奶奶。天天都是这样，而且是每顿饭都去叫，直到有一天奶奶要求自己做饭，说是她自己做饭随便些，什么时候饿了什么时候就可以做了吃，父亲便不再说什么，还给奶奶搬了袋米过去，我看着父亲，不知道他为何要这样做。直到有一天……

那天早饭之后，我夹着一片菜叶说真难吃，父亲便说我奶奶那个时候哪吃过菜，完全就是艾蒿草，有时甚至吃树皮。听了这话，我顿时明白，父亲为奶奶所做的一切都是为了感恩。我们都应该学会感恩，因父母对我们无私的关爱而感恩，因老师的教诲而感恩，因朋友的帮助而感恩。

致妈妈的一封信

亲爱的妈妈：

您好！

我又一次怀着感恩的心给您——我最亲爱的妈妈写这封信。算起来女儿已是第四次给您写信了。妈妈在我的记忆中，自从我上学开始，您就忙个不停，帮我收拾书包，早早叫我起床，送我上学接我放学……上三年级时，我住进了寄宿学校。表面您不用那么操心了，可是每到星期天，您还是很忙：一会儿帮我检查要带去学校的东西，一会儿又要帮我检查作业……唉！妈妈呀，在学校里老师们都教会了我们独立，许多事我都会做，您就放手让我做吧！您也应该休息一下了。瞧您那憔悴的样子，真让我心酸啊！您为我做的事不可计数，虽然许多事情我都已经忘了，但是您那慈爱的心却早就埋藏在我的心底。有一件事深深地印在我的脑海中，犹如刚刚发生过一样。

那一次，天正在下着大雨。我要去上学了，因为走得匆忙，所以我忘了带英语书。在车站我撑着伞等车时，背后传来一阵呼喊声："钰羚（yù líng），钰羚。"我回头一看，是您，您冒着雨跑了过来……然后，您帮我撑着伞拿出我的英语书说："看你这孩子，丢三落四的，总是忘记拿这，忘记拿那，真是的。"说完，就又转过身冒着雨跑了回去。我站在那儿，看着您瘦弱的背影突然觉得您是那么高大，当时我的心一酸，泪水模糊了我的双眼。那一刻，我感受到伟大的母爱时时刻刻地环绕着我，我时刻都沐浴在幸福中。妈妈，有您真好！

妈妈，您为我付出了那么多，我真不知该怎样报答您，也许我现在能做的就是加倍努力，用我的一生去报答您，让您幸福。而此刻我怀着一颗感恩的心虔（qián）诚地祈祷，祝福您健康、平安！

祝：天天开心！

身体健康！

女儿：珏羚

老师，谢谢您

人，应该常常怀着一颗感恩的心。

随手打开小学毕业时的留言薄，映入眼帘的是老师熟悉的字迹："短暂的师生情令人难忘，彼此信任，使我们更像朋友。人生道路多曲折，要豁达、开朗、善待自己，使自己永远坚强。"感谢您，老师，感谢您两年的不倦教诲！真的很怀念与您谈心的时候，似乎那时的天总是那么蓝，日子过得很慢，总以为毕业遥遥无期，但转眼来不及说声感谢就要告别。

仍记得那天放学，我蹲在门口系鞋带，系完后猛地一起身，头撞在窗台上，血不断地往外涌，我害怕地大哭起来。哭声引来了正要下班赶回家的您，您一边不住地说："怎么这么不小心？"一边用手帕捂住我的伤口。因为医务室已经关门了，您只好用车子把我推到中医院，途中一直小心翼翼，皱着的眉头久久不肯松开，口中不断喃喃地说："怎么流这么多血？怎么还没止住？"到了医院，您把所有事情处理得妥妥当当，包扎时紧紧抓着我的手告诉我："坚强一点，不要怕！"虽然我眼中噙着疼痛的泪水，但心中却无比温暖。

在送我回家的路上，您一会儿叮嘱我这个要小心，一会儿又叮嘱我那个要注意。我默默地应着，在车座上打量着您的背影，感觉是那么踏实。暮色渐渐弥漫了整个天空，晚风凉丝丝地吹在身上，看着您的背影，有种感动的温暖淌遍全身。

到了我家,您连一口水都没喝,告诉妈妈好好照顾我,还说如果严重可以请假。您看看表说:"不早了,我也该回去做饭了,田蕊要乖点啊!"便摆摆手走了。妈妈要给您医药费,却早已不见了您的人影。

点点繁星将夜空点缀得星光璀璨。回想往事,心中又充满了阳光的温暖。带着几分憧憬,怀着感恩的心情,相信今后的脚步将会迈得更加踏实、更加有力。

第七章
送人玫瑰，手有余香
——学会与人分享

空间的价值

一把糖果的快乐

留一些柿子在树上

胜利也需要分享

一束鲜花改变人生

战争中的回形针

88个新年祝福

分享是美丽的

给予是快乐的

赠人玫瑰，手留余香

有朋友约我的朋友去聚一把，他开车就上路了。那天的雪很大，但是百十里路对于他的大奔来说是十分简单的。

他走到半路，看到一辆抛锚（máo）的轿车，两个看起来穿得很单薄的人在风雪中拦车，然而没有一辆车停下来。我的朋友那天心情格外好，他特别想助人为乐。于是他停下了车。

怎么了哥们？我的朋友问。车胎扎了。两个人一说话就露出了南方人的大舌头。我朋友一看，果然是扎了。换呀，我朋友说。那两人手一摊，没有千斤顶，没有备胎。我的朋友说，怎么有你们这样开车出门的？那两个人说，我们这车没出过毛病。我朋友抬手看了看表，已经快到约定时间了，那两个人看出了他的犹豫，赶快掏出烟来叫兄弟。我朋友想，这前不着村后不着店地扔下他们也不合适，何况南方人又怕冷，他抬头一看，两个人嘴唇都紫了。我的朋友动了怜悯之心，对其中一个说，上车吧，我带你到城里去买备胎。于是他们其中一个人跟着我朋友去买了一趟备胎，然后他们就动手换了起来。

我朋友想，我还有约会呢，算了，把千斤顶送给他们得了。那两个人感动得一直流鼻涕，说那怎么行，我们不能要你的千斤顶，这就够让我们感动的了，你不知道我们都站了一上午了，一直没车停下来，你简直就是我们的大恩人，不然我们真得冻成冰棍。我朋友说，要不这么着吧，你们路过我们城里时把千斤顶放在我朋友那儿吧。那两个人又说了许多感谢的话，然后掏出名片给我朋友，我朋友顺手放在兜里了，他根本没想和他们联系。但几天之后他突然接到一个陌生的电话,他拿起电话来那边就激动起来了,一直兄弟长兄弟短地感谢他,他最后才想起那个大雪天来,于是他客气了一番。有事可说话啊,咱有钱,那头说。他放下电话就笑了,他不缺钱,钱是个什么东西呀。这时他倒有点被自己那天的行为感动了,本来他是心情好才下了车,偏偏遇上这两位还把这事当事了。当老张把千斤顶还他的时候问怎么回事他都懒得说,不就这么点儿事吗。后来他想起那张名片来,想看看这位爷到底是干什么的这么牛,还有钱有钱的。他一看真吓了一跳,他揉了揉眼又看了一遍,那可是全国有名的一个老总。

自那以后,我朋友还真开始积德行善了,哪有灾就给那捐款,谁穷就帮谁,还盖了一所希望小学,给一帮孩子拿学费,他简直成了救世主。可是他的生意却越来越滑坡,企业濒(bīn)临破产边缘。这时,一张三百万的汇款单送到了他的手上。那个老总说,先用着,不够我再给。我朋友的眼睛一下子湿润了。

在又一个大雪纷飞的元旦到来的时候,我朋友收到老总的一张贺年片,那上面只有八个大字:赠人玫瑰,手留余香。

读故事 长智慧

穷则独善其身,达则兼济天下。当看到别人的苦难,心底流淌出一股温泉时,你就理解了他人,当你再向他跨出一步,举手之劳也许就真的可以帮助他们了。学会帮助别人就是这样简单,播种了爱心,心中会长出温暖明亮的花朵,感动别人的同时,对自我也是一种喜悦,一种慰藉,更是一种成长。

好孩子成长宝典　告诉大家，我是最棒的

空间的价值

　　故事发生在美国北部的一个小镇，这个小镇在新世纪的今天仍然保持着淳朴的民风和上个世纪的建筑格局，因而成为一个旅游怀旧的好地方。深知小镇发展根本的人们，尽自己最大的努力维护着小镇的风貌，甚至换一片屋上的瓦也要经过全镇推举出来的长老会的批准。

　　随着时间的推移，到小镇来旅游的人越来越多，小镇的商业设施已不能满足游人的需要。有两个洞察这一商机的年轻人——约翰和杰克分别向长老会提出了申请：他们要在小镇上建一个超市，用来向人们提供日用品和旅游纪念品。

　　长老会经过反复磋商，终于同意了这两个人的要求，但却附加了一个条件：那就是超市必须建在距离小镇10公里以外的地方，以免破坏小镇的格局。

　　约翰和杰克马上筹集资金，开始建造自己的超市，他们深知，要想赚到更多的钱，就必须想尽办法战胜对手。约翰曾到过一些大城市，了解规模对于一个超市的重要性，因此，他充分利用了长老会给予他的这块土地，建成了一所豪华的超市，并尽可能使店里货物种类更齐全。而杰克却只使用了土地的一半建成了自己的超市；当然，由于规模经营的关系，店里的货物远没有约翰的种类齐全。约翰暗自高兴：这次我可要赚大钱了。

　　但事情的发展却完全出乎约翰意料，两家超市同一天开

张，经营状况却出现了一边倒的现象：大部分游客和小镇上的人都拥进了杰克的超市，而约翰这边却很萧条。尽管约翰使出了浑身解数，又是有奖销售，又是歌舞表演，但最终也未能扭转自己破产的命运。

破产的约翰决定远走他乡，在临行前，他拜访了自己的对手，并对杰克说："我承认我的失败，但我想知道，我究竟输在哪里？"

杰克微笑着对约翰说："在经营超市的经验上，你比我强，所以你在那块土地上盖出了尽可能大的一个超市。但是，我亲爱的朋友，你忽略了一个重要的问题：这里距离游客的观光地——我们的小镇还有10公里的距离，所以，无论是观光的游客，还是返回的游客，甚至是小镇上的居民，他们都是驾车前来，所以，我为他们留出那片空地——停车场，这使他们对我心存好感，而这也就成为他们到我超市购物的基本理由。所谓与人方便，自己方便，那片空间的价值就在于此！"

读故事 长智慧

尽管约翰的超市货物品种齐全，却竞争不过规模只有自己超市规模一半的杰克。这是为什么呢？因为他不懂得与人方便，自己方便。虽然杰克的超市规模小，但是他充分为顾客着想，拿出一半的土地与大家分享，为他们建造了一个停车场，解决了顾客的停车问题，自然赢得了市场。如果一心只为自己，不肯分享，只会适得其反。

一把糖果的快乐

每当落日的余晖照射到窗台的时候，小姑娘苏菲娜就会把自家的房门打开，站在那儿，等待着一位自己的朋友同时又是自己的家庭教师的老人的到来。

苏菲娜读小学三年级。开始的时候，她的数学成绩很糟糕，但自从认识了一位老人做自己的朋友，并由他辅导学习数学之后，她的成绩就逐渐好了起来。

这位老人住在她家的斜对面。他一向衣着随便，头发是一副好像从来都没有认真打理过的样子。但时日渐长，苏菲娜发现他其实是一位很和蔼的老人，而且这位老人能够做出很难的数学题，于是，她就央求他做自己的数学家庭教师，报酬是分自己糖果的一半给他。

老人愉快地答应了。他们每天的落日时分都在一块儿。小女孩苏菲娜也很守信用，每天都拿出自己最爱吃的糖果分给老人。

这一天晚上，苏菲娜格外地高兴，因为在昨天的数学测试中，她拿到了班里的第一名，数学老师将她夸奖了一番，还奖励给她一套精彩的课外读物。

老人准时到来。他们接着就投入了愉快的学习之中，一老一少不停地争论着……

很快，一个小时过去了，老人该告辞了。小姑娘跑进了里屋，将自己整整一盒的糖果拿了出来，然后一分为二，对老人说："这边是你的，剩下的是我的。"接着，她从自己的那一堆中抓了一把放到了属于老人的那一堆之上。"今天，老师夸奖了我，还说你是一个优秀的家庭教师，这是给你的奖励……"

老人很高兴，回到家在日记中写道："今天我过得很愉快，因为小姑娘苏菲娜奖励了我一把糖果，这糖果分外的甜，它带给了我快乐，也带给了我珍贵的财富……"

其实，这位老人并不需要每天辛苦地做家教去赚取一把糖果的，他需要的只是从那把糖果中得到的快乐。他是一位科学家，到任何一家研究所或者一所大学做一个小时的报告，都可以得到上万元的报酬……

这位老人的名字叫爱因斯坦。

哲学家曾说过，如果你把快乐告诉一个朋友，你就得到两个快乐；而如果你把忧愁向一个朋友倾诉，你将被分掉一半忧愁。凡事都要与人分享，无论是快乐还是烦恼，你都不会受到损失，反而你还会得到一份意想不到的惊喜。

读故事 长智慧

一把糖果，带给这一老一少的，不仅仅是快乐，更是一种珍贵的品质，那就是分享。快乐永远拥有着一种令人向往的魔力。当你快乐的时候，不要吝啬，如果你把快乐告诉一个朋友，你就得到两份快乐；而如果你把忧愁向一个朋友倾诉，你将被分掉一半忧愁。与别人分享自己的拥有，得到了快乐，与别人分享快乐，得到的会更多。

留一些柿子在树上

韩国北部的乡村公路边，有很多柿子园，漫山遍野的柿子树抒发着火一样的心情。游客们远远地就闻到一股使人陶醉的清香。沉甸甸的柿子像一个个红灯笼一样，压弯了树枝。"这柿子的收成可真好呀！"游客都情不自禁地赞扬起来。金秋时节来这里，随处可见农民采摘柿子的忙碌身影，全村老少都出来了。有的踩着凳子用竹竿敲，还有的小孩子们直接爬到树上摘。成熟的柿子先被摘下，未熟透的柿子依然要留在树上，直到成熟之后再进行采摘；但是，整个采摘过程结束后，有些熟透的柿子也不会被摘下来。这些留在树上的柿子，成为一道特有的风景线，一些游人在经过这里时，都会说，这些柿子又大又红，不摘就会烂在树上，那不是太可惜了。但是当地的果农则说，不管柿子长得多么诱人，也不会摘下来，因为这是留给喜鹊的食物。

游客们都这样认为，这些果农用柿子喂喜鹊，真是太傻了！

这时，车上的导游给大家讲了一个故事。这里是喜鹊的栖息地，每到冬天，喜鹊们都在果树上筑巢过冬。有一年冬天，天特别冷，下了很大的雪，几百只找不到食物的喜鹊一夜之间都被冻死了。第二年春天，柿子树重新吐绿发芽，开花结果了。但就在这时，一种不知名的毛虫突然泛滥成灾。柿子刚刚长到指甲大小，就都被毛虫吃光了。那年秋天，这些果园没有收获到一个柿子。直到这时，人们才想起了那些喜鹊，如果有喜鹊在，就不会发生虫灾了。从那以后，每年秋天收获柿子时，人们都会留下一些柿子，作为喜鹊过冬的食物。留在树上的柿子吸引了很多喜鹊到这里过冬，喜鹊

第七章 送人玫瑰，手有余香——学会与人分享

仿佛也会感恩，春天也不飞走，整天忙着捕捉果树上的虫子，从而保证了这一年柿子的丰收。

阳光给予花儿营养，花儿以盛开相报；人们给予大树水分，大树以阴凉相报。留着些柿子给喜鹊，喜鹊会以捕捉虫子回报人类。所谓："滴水之恩，涌泉相报"，世间万物何曾不是这样？因果关系，循环往复，这是生态平衡，谁也无法更改。

在收获的季节里，别忘了留一些柿子在树上，因为，给别人留有余地，往往就是给自己留下了生机与希望。

金鱼不睡觉吗？

金鱼同样也需要睡眠，它们到了夜晚，就会躲到鱼缸内的小假山、水草里等暗处一动不动，这就是金鱼睡觉时的状态。只不过金鱼不像人那样有眼睑，所以在睡觉时不能闭上眼睛。

读故事 长智慧

农民留一些柿子在树上，为喜鹊提供了过冬的食物，与大批喜鹊分享丰收的喜悦。喜鹊们则在来年春天为果树捕捉虫子，保证了农民下一次的丰收。分享，让农民和喜鹊都获得了生存和发展。生活中，我们也要懂得与人分享，处处给别人留有余地，因为这注注就是给自己留下了生机与希望。

胜利也需要分享

怡（yí）和芳是班里成绩最好的同学，她们俩谁都不让谁，每次考试总要斗个你死我活。不要说她们间能分享些什么了，哪天不吵架已经很好了。

又到了一年一度的期末考试，因为这次考试非常重要，为了防止作弊现象的发生，学校把全年级考生的座位调乱了。刚好怡和芳调到同一个课室，她们班的也就只有她俩了。

今天的天气的确不错，蔚蓝的天空没有一朵白云，有的只是小鸟在嬉戏。这天要考的第一科是数学，芳坐在自己的座位上，正在拿考试的用具。"呀！"一声惊讶的喊声引来了周围同学的注意，原来芳忘记带刻度尺。举目四望，只有怡是自己认识的同学。她会借我尺子吗？芳顾不得那么多了，她站起身子，向怡走去。

一瞬间，周围尽是一片寂静，万物似乎都停止了运作，唯一能听到的只是一连串急促的心跳声和呼吸声。

"怡，你有带尺子吗？"芳抬头望着那低沉沉的天问。

怡从柜子里拿出两把尺子放在桌面上，轻声说："怎么了，你没带吗？"

"噢，不，不是。"芳握着拳头说，心里想着：如果我告诉她没带尺子，她一定不会借我的，这么好的机会，她还会和我分享吗？不趁机夺冠才怪呢……

"我出去倒口水。"怡的一句话打断了芳的沉思。怡经过芳身边时，故意碰了碰芳的身子。芳看着怡走出门

去，她回过头，双眼死死盯着那把仅有的尺子，像久饿的人见了食物一般，眼里闪出一种攫（jué）取的光。胜利的欲望蒙蔽了她的良知，她拿了台上的尺子转身就走。

天一下子又晴朗多了，考试时芳不时回头看怡，只见她在慌忙地找东西。借助那把刻度尺，她很快量度并计算出所有题目。风轻轻吹过来，非常舒服。回头看怡，怡依然在找东西。"真是个自私的家伙。"芳想，我是她的同学，和她分享成功都不行吗？想着她拍了一下口袋，手被尖的东西扎了一下。她立即伸手进口袋，她不禁定住了，她口袋里原来是怡放进去的尺子。

考完试，芳走到怡跟前，低下头说了声"对不起！你是在找尺子吗？"

"你应该说谢谢！"怡说："我是在找放在桌面上的那把刻度错误的尺子，其实我有好几把尺子，只是那把的刻度相差太厉害……"

芳一下愣住了。微风早已停止了，天空一片漆黑，周围尽是一片死寂。

读故事 长智慧

与人分享不仅展现了自己宽阔的胸怀，同时又展示了自己美丽的心灵，何乐而不为呢？在学习中，我们需要与同学竞争，因为竞争的压力会督促大家不断前进。但是胜利也需要分享，我们也要和同学分享好的学习方法，交流彼此的学习感受，营造轻松和睦（mù）的学习氛围，才能共同进步。

一束鲜花改变人生

乔治是华盛顿一家保险公司的营销员,为女友买花时认识了一家花店的老板——本;但也只是认识而已,他总共只在本的花店里买过两回花。

后来,他因为为客户理赔一笔保险费,被莫名其妙地控以诈(zhà)骗罪投入监狱,将要坐20年的牢。闻此消息,女友离他而去。

面对从天而降的灾难,乔治悲愤不已,女友的离去更让他痛苦不堪。只在狱中过了一个月,乔治便感到自己快要疯了。就在他郁闷难耐时,有人前来看他。乔治在华盛顿没有一个亲人,因此实在想不出来者是谁。在会见室,他不由得怔住了,原来是花店的老板本,他给乔治带来了一束鲜花。

虽然只是一束鲜花,乔治却从中感受到了人世的温暖,希望之火开始在他的心头重新燃烧。他安下心来,在监狱里大量读书,钻研电子科学。

6年后,乔治提前获释了。他先在一家电脑公司做雇员,不久自己开了一家软件公司;两年过后,他身价过亿。成了富豪的乔治去看望本,却得知本于两年前破产了,一家人贫困潦倒,举家迁到乡下。乔治到乡下找到了本,对他说:"是你的一束鲜花使我留恋人世的爱与温暖,给予我战胜厄(è)运的勇气;无论我为你做什么,都不能回报你当年对我的帮助。我想以你的名义,捐一笔钱给慈善机构,让天下所有不幸的人都感到你博大的爱。"

此后不久,乔治果然捐款成立了"华盛顿·本陌生人爱心基金会"。

一束鲜花竟然是如此的神奇,它给绝境中的乔治带来了希望,重新点燃

趣闻趣事

东南西北中国京都

中国重要王朝的京都在民间被按照方位顺序进行分类:

东京(今开封,历史上又称"汴梁"、"汴州")

南京(今南京,历史上又称"金陵"、"江宁")

西京(今西安,历史上又称为"长安")

北京(今北京,历史上称为"燕京"、"北平")

了他生命的激情。事实上,这个世界上的许多悲剧都源自于对爱的绝望。对一颗冰冷的心灵来说,最大的可能就是自甘堕落。而我更愿意相信,正是那一份无私的爱,成了乔治努力向上的强大动力。

如果美单单只存在于世,而无人欣赏无人分享,那将会如枯萎的花,一瓣一瓣凋谢,落了一地的哀伤。分享美的一切,便是对生活的信仰。分享是一种博爱的心境,学会分享,就学会了生活。分享是一种思想的深度,深思的同时,你分享了朋友的痛苦。分享是一种生活的信念,明白了分享的同时,明白了存在的意义。快乐的分享,痛苦的承担。在你与人分享的时候,就肩负着一份重任。让他更快乐,让痛苦全部溜走,让阳光洒满你的心灵。

读故事 长智慧

这一束鲜花,代表着花店老板分享给乔治的希望,它改变了乔治的一生。分享是一种神奇的东西,它可以使快乐成倍地增大,也能使悲伤无限地减小。分享是一座天平,你给予他人多少,他人便回报你多少。相反,如果你是一个自私的人,那么你就永远也不会得到真正的快乐,永远交不到知心的朋友!

战争中的回形针

20世纪曾经爆发过一场战争。

丽娜是一名普通的家庭主妇，两个孩子的母亲。她从报纸上看到，参战的士兵因思念亲人而倍感孤单，便决定以亲人的身份给他们写信，收信人是"每一位参战的士兵"，落款一律是"最爱你们的人"。信的内容则是一首小诗、一个有趣的故事，或者是几句勉励的话语。

白天她工作繁忙，回家还要照顾孩子，但她每天坚持写完20封这样的信。寄到参战部队之后，部队军官认为这是消除士兵恐惧、提高士气的有效措施，很快将信分发到那些很少收到信件的士兵手里。

丽娜觉得光是写信还不够，总想找一些新颖的方法，表达最真切的关爱！偶然，她看到书桌上散落着几枚五颜六色的回形针，便灵机一动，给每个信封装上一枚黄色回形针，附言道："回形针代表我给你的一个拥抱。当你情绪低落的时候，摸一摸它，就会知道有人在关心你、惦记你、轻轻地拥抱你！黄色也代表胜利，我们在家乡期盼着你们凯旋！"

战争持续了40多天，丽娜一共寄走600多封装有黄色回形针的信笺。与600多亿美元的战争花费相比，丽娜的贡献实在微乎其微。日子一天天过去，转眼间，已经是战争结束10周年纪念日，丽娜早就淡忘了当初寄信的事情。

那天早晨，当丽娜打开自家的房门时，感到万分惊诧。

她家的门口笔直地站立着一排排穿戴整齐的男士，大约有500余名，每人手里拿着一束鲜花，对着丽娜齐声喊着："我们爱你，丽娜女士！"

刹那间，丽娜被鲜花和笑容包围。

原来，在战争结束10周年之际，参战士兵联合会举办了"战争中我最难忘的事"评选活动，"回形针关爱"被老兵们列为首选。陈年旧事一一浮现脑海，感慨万千的老兵们商定，一定要找到寄信人。

从邮戳上看，所有"回形针"信件都是从一个邮局寄出。虽然时间过去很久，但邮局还在，恰好一位老员工对热情善良的丽娜很熟悉，便给了他们丽娜的详细地址。

于是，在战争结束10周年纪念日当天，老兵们相约来到丽娜家，送给她鲜花和惊喜。很多没有收到"回形针"信笺的战友们，也主动要求一起前往，表达他们对一位仁爱女士的挚诚敬意。

在后来的叙谈中，一位老兵说："战争期间我曾想过自杀，是这枚回形针陪伴着我，让我从死亡和血腥里，看到了温暖和光明。我知道有人在想念我，爱护我，才有勇气继续战斗下去。"

另一位说："在我收到回形针信件后，我一直在思索是谁寄给我的。是我暗恋的女孩，还是邻居好心的阿姨，或者是最铁的中学朋友？后来，我想，不管寄信人是谁，他（她）都是我正在浴血奋战、全力保护的祖国人民。"

一个30来岁的年轻人，从兜里掏出那枚仍未褪色的黄色回形针，感叹地说："我参军时还很小，幸好有它陪着我，好比给冰雪中行走的人燃了一把火，让在沙漠中跋涉的人有了一眼甘泉——这种陌生的深爱，即使在战争之后也温暖着我，让我对生活永远充满期望和热情。"

丽娜的眼睛湿润了很多次。

她从没想过，一枚普通的回形针，竟然会让这些经历了战火纷飞、生死之痛的老兵们，深深地铭记10年。是的，一个小小的善举，或许就是一粒坚韧的种子，它会生根发芽，抽叶开花，让这个世界芬芳四溢，美如天堂。

读故事 长智慧

如果战士在战争中收到这样的一枚回形针，就代表着收到一个拥抱，代表着还有人在关心他、惦记他。这一枚枚普通的回形针，给多少战士带来了希望和温暖，又鼓舞了多少战士的热情。回形针的作用真的有这么大吗？其实，给人带来希望的是丽娜那充满爱意的心灵。爱心是一轮冬日的太阳，是一缕夏日的清风。分享你的真诚，分享你的善意，世界将会更加美好。

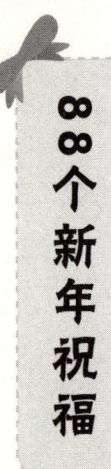

88个新年祝福

天已经黑了,外面的爆竹声越来越响。日历显示是2003年1月31日,星期三。我将在异乡度过第二个春节。

大学毕业后,我开始在各个城市之间漂泊,这么长时间过去了,最初的满怀豪情逐渐退去,我不再想念家乡,不再对生活抱着幻想。得过且过的日子一天天从指间滑过,我自己也不知道生活的终点会定格在什么地方。

迷迷糊糊睡了一觉,醒来,我很想找个人。哪怕是闲聊几句也行。可是找谁呢?这时候每个人都在与自己的家人团聚,我的电话也许会搅了人家的兴致,所以应该找与自己同样单身的男人。于是,我试着拨通一个朋友的电话。接电话的是苍老的声音:"找哪位?"我说:"我找×××。"那边愣了一下:"你拨错号码了。"我说:"哦,对不起。"挂了电话。

我仔细想了想,朋友的电话号码在我的脑子里渐渐模糊起来,最后三位数字的顺序怎么也不能确定。于是我拨通另一个号码,电话那头十分喧闹,间或有几个小孩子的"叽叽喳喳"声。

接电话的是个中年人:"对不起!我们这里没有这个人。不过,祝你新年快乐!"

随着一阵电话忙音,我的脑袋"嗡"了一声——有人祝我新年快乐!

我再一次拨打重新组合的号码,这一次,接电话的是个年轻的女孩儿。女孩儿告诉我:"你拨错了。"我没有立即挂断,而是说:"对不起!我是陌生人,祝你新年快乐!"对面发出一阵欢快的笑声:"这是我今年收到的最有趣的祝福,我把美好的祝福同样送给你!"

我又拨通了第一次拨打的那个号码,对那位老人说:"我是刚才打错电话的那个人,虽然我们不认识,但我祝你新年快乐!"老人笑了:"小伙子,谢谢你!我老伴去世好几年了,现在只有我一个人过年,我很想念她。很高兴能与你一起分享这个春节,祝你新年快乐!"

送出了两份祝福,同时也收到了两份祝福。我开始疯狂地拨打电话,随手拨一个号码后,没等对方开口,我就说:"我是陌生人,在这个辞旧迎新的日子里，祝你新年快乐！"无一例外地，我收到了同样的祝福。一个晚上，我一共送出 87 个祝福，收到了 88 个祝福。这其中有一个是孩子的。那位孩子的妈妈向我发出祝福以后，把身边的孩子也叫了过来："宝贝儿，来，祝这个陌生的叔叔新年快乐！"

当听到稚嫩的祝福声时，我的泪流出来了。我感到生活还没有抛弃我。新的一年，我要带着这 88 个祝福从容上路。

读故事 长智慧

即使是陌生人，也不要吝啬（lìn sè）你的祝福。或许一句简单的祝福对于我们来说无足轻重，可是对于一个孤独的人来说，无异于雪中送炭的温暖。友善的祝福能拉近人与人之间的距离，可以化解一时的误会和恩怨。当我们向对方做出一个真诚的、自然的祝福时，就是在向对方表示亲切友好，向对方送上了我们默默的牵挂和关心。让我们一起来分享真诚的祝福吧，这个世界将会变得更加温暖。

分享是美丽的

我天生就是个小气的人,什么东西都不愿与别人分享。因此我没有朋友,我很孤单,我本以为我会一直这样活下去,但直到有一天,一个清纯的小女孩映入了我的眼帘——

不高的个子,水灵的双眼闪耀出灵气与活力,像桃花瓣似的嘴唇吟诵出一首诗:"桃花坞(wù)里桃花庵(ān),桃花庵里桃花仙。桃花仙人种桃花,又摘桃花换酒钱。嘿!前面的大姐姐,我可以跟你交朋友吗?"

我惊讶地望着她,从来没有人对我这么好。"哦,可以呀!"我慌忙之中脱口而出。她高兴地跑过去,把手中两个一模一样的玩具小熊给了我一只:"我叫陶桃,你呢?"我又一愣:"给我的?"她点点头笑了。"小莹。"我回答。

从此,我的生涯中就有了她!

跟她在一起的日子很充实,她很大方,总是给我看她的玩具,她总是对我说:"你呀,要学会与别人分享你的快乐,这样你才能开心啊!"

我苦笑,抬头看了看那蔚蓝的天空……

不知为什么,渐渐地,我爱笑了,可能是受了她的熏陶吧!她说她最喜欢桃花。怪不得初次见面她就吟诵那首诗。渐渐地,我也学会了分享,与她、与别人。

那天,从学校回来,我一个人走在路上,忽然看见一个被欺负的小女孩在马路上哭,我想也没想,走过去,拉着她的小手就往我家走,开始她死活不肯,后来,我给她那只

玩具小熊让她到我家避一避,"姐姐不是坏人,嗯?"她点头。

回到家,她虽然泪迹未干,但很喜欢我的房间,我忽然一冲动,把以前的小制作、布娃娃拿出来,逗着她、哄着她,我自己也惊讶自己的大方。小女孩哈哈地笑着,两个甜甜的小酒窝,真迷人。我的脑海中忽然呈现出陶桃的身影,这一切不都是陶桃教我的吗?是她教我与别人分享,是她教我要以一颗坦诚的心去面对世界,也是她教我要以笑面对生活!一刹那,我心中那厚厚的冰被陶桃和小女孩的笑容融化了,盛开出一朵爱心小花!泪水一下子涌了出来,陶桃啊,我终于知道:分享是美丽的啦!

三个月前,陶桃去世了,死于白血病,她认识我之前就有了!

"为什么,陶桃你不告诉我,好让我感谢你呢?感谢你让我感受到生活的快乐!"

清明节,我带了我许多"宝贝",来到坟前,来与她分享!"陶桃,谢谢你!我知道什么叫'分享',什么叫'美丽'了……"

读故事长智慧

世上有许多人是快乐的。歌手与听者分享了音乐,厨师与客人分享了美食,老师与学生分享了知识,他们都得到了快乐。当你把快乐与别人分享时,你就拥有两份快乐;当你敞开心扉,把自己珍贵的东西拿出来与别人分享时,你会明白:分享是美丽的!

给予是快乐的

在这个世界上,快乐最重要。人们应该时时都努力保持一份快乐的心情。这样,你才会对生活时刻充满热情。更重要的是,当你找到快乐时一定要与别人分享,因为快乐是可以传递的,就像耕作一样,你播撒的种子越多,收获也就越多。

保罗在圣诞节前收到一辆红色的新跑车,那是他哥哥送给他的圣诞礼物。开上崭新的跑车,飞驰在上班的路上,保罗的心情无比轻快。圣诞前夜,他从办公室里出来,看见一个小淘气正在看他的新车,小男孩儿问道:"先生,这是你的车吗?"

保罗点点头,说:"这是我哥哥送给我的圣诞礼物。"小男孩儿吃惊地瞪大眼睛:"你是说这车是你哥哥白白送给你的,你一分钱都没有花?天啊!我希望……"

看到小男孩儿犹豫的样子,保罗已经猜到他想要说什么了。这个小男孩儿一定是希望他也有这样一个哥哥。但是那个小男孩儿接下去说的话却让他刮目相看。

"我希望,"小男孩儿接着说,"我将来也能像你哥哥那样。"

保罗吃惊地看着这个小男孩儿,不由自主地问了一句:"你愿意坐我的车兜一圈吗?"

"当然,我非常愿意。"

车开了一段路,小男孩儿转过身来,眼里闪着亮光,说:"先生,你能把车开到我家门口吗?"

保罗笑了,这回他知

道这个小男孩儿要干什么了,他想这个小男孩儿想在邻居们面前炫(xuàn)耀一下,他是坐新跑车回家的。可是保罗又错了。小男孩儿请求他:"你把车停到那两个台阶那儿好吗?"

车停好后,小男孩儿顺着台阶跑进了屋,不一会儿,保罗见到小男孩儿又返回来了,不过这次他回来得很慢。他背着脚有残疾的弟弟,他把弟弟放在最下面的台阶上,然后扶着他,指着车对他说:"弟弟,你看那跑车,是不是跟我在楼上告诉你的一样。这是他哥哥送给他的圣诞礼物。你等着,有一天,我也会送你一辆车,这样你就可以坐在车里亲眼看一看圣诞节商店橱窗里那些好东西了。"

保罗听了很感动,他走下车,把那个小男孩儿的弟弟轻轻地抱进车里,让那位小哥哥也坐进车内,带着他俩去兜风,去看圣诞节商店橱窗里琳琅满目的礼物。他们三个人一起度过了一个难忘的圣诞夜。

读故事 长智慧

获取与给予,是一对截然不同的词语,却会给人带来不一样的感受:前者是一种单纯的快感,物欲的满足;后者则体现了高尚的人格,精神的满足,是一种有着更高境界、有着更强生命体验的深度快乐。大方地给予,与人分享,自己也将收获快乐。

我的故事

半块荷包蛋

  我是从什么时候懂得分享的？是从姐姐分苹果的那一次吗？是从外公外婆分荷包蛋的那一次吗？

  那一次，姐姐脸上的笑容像太阳和花儿一样绚烂，她从包里掏出一个青红相间的大苹果，用袖子擦了擦，然后笑着递给我。我狠狠地咬上一大口后还给她，紧张兮兮地盯着苹果和姐姐的脸，当姐姐很淑女地咬了一口又递给我时，我这才松了一口气，又在姐姐含笑的目光下再咬一大口……

  我从小一直生活在外公外婆家。乡下的生活简单而朴素，但是简朴的生活中也有爱和快乐。记忆中外婆总是把好吃的东西留给我和外公，而她自己总舍不得吃的。记得有一次，祖孙三人一起吃着晚饭，气氛和谐而宁静。晚饭很简单，一人一碗面条，我和外公的碗里各有一个荷包蛋，而外婆的碗里却没有。外公发现后，像往常一样，用筷子把他碗里的荷包蛋夹成两半，将另一半夹到外婆的碗里。"你要多吃一点。还是你吃吧。"外婆边说边把那一半蛋又夹回到外公的碗里。外公怎么会肯让呢！于是，夹起来又放到外婆的碗里。就这样，谦让了半天，最后外婆又像往常一样把那半块荷包蛋夹到我碗里："你正在长身体，你吃了它。"

  看着慈祥而清瘦的外婆，我觉得自己不应该接受这半块荷包蛋，脑袋里在迅速地盘算着怎么才能把它轻松地送出去，突然一个激灵，想起了从书上看到的一招，于是计上心来。

  "蛋好咸啦！"我夹一小块尝了尝，然后对外婆叫喊道。

  "好咸？"外婆惊奇地看着我。

  "不信？你尝！"我边说着，边迅速地把那半个荷包蛋转移到外婆的碗里。

  外婆尝了一小口，正要说什么，突然看见我在偷笑，立即就明白了我的计谋，"你这个小精怪！"说着，就要把蛋弄回我碗里。

  "我顶多只要一半，不然我一点都不要。"我撒娇道。

  最后，外婆没法，只得和我分享了那半块荷包蛋。

  那天晚上，是我生平第一次主动与人分享东西。在泛黄的灯光下，我们祖孙三人静静地吃着，可我觉得空气中充满了爱和关怀……

  那一天，我平生第一次感受到了分享带来的快乐和幸福！

分享让我拥有快乐

如果问你："橘（jú）子为什么长成一瓣一瓣的呢？"也许你会说："因为它就是橘子，因为这是大自然的杰作。"当然这种回答"正确"性是无可挑剔的。其实这个橘子也告诉了我们一个道理：橘子长成这个样子，就是希望你能和大家一起分享橘子，而不是自己一个人吃！

一个小小的苹果，但是只要你将它分成几块，分给你的小伙伴吃，这时你就会得到快乐；当你的作品得到了名次，让大家都看到你的作品，这时你的脸上一定是带着微笑的；当你种的花开花了，路过的人就会闻到这股花香，这时你一样会很开心。

这就是——分享。记得日本人森村诚说过："幸福越是与人分享，他的价值便越会增加。"所以说，"分"的人就是幸福的，因为他实现了自己存在的价值；"享"的人是快乐的，因为他感受到了真爱和友谊。

记得小时妈妈总说我们平时都不吃多少菜，每次都是到过节，才吃得多。因为过节的时候人多了，和自己一样大小的兄弟姐妹也就多啦，所以有什么好吃的，都是大家一起分享，大家在一起才感觉到快乐，才吃得香。因此"分享"就成为了凝聚家人的力量。

学会分享吧！它让我们拥有快乐！

分享

在生活中，很多人会这样抱怨："我的世界为何如此无趣？为什么我只能呆在一个角落孤芳自赏？"我想告诉你，朋友，你若不会忧他人之忧，乐他人之乐，你就永远也尝不到生活的酸甜苦辣。

分享是什么？杜甫的名诗《客至》中的"肯与邻翁相对饮，隔篱呼取尽余杯。"就很好地表现了这一点。诗人独自在家中感到孤独，但在此时，佳客盈门，诗人便将自己的喜悦毫不保留地倾吐与分享给了对方。所以说，分享就是一种乐趣。

分享又是一种安慰。2000年悉尼奥运会，"铿锵（kēng qiāng）玫瑰"中国女足发挥不佳，最后连小组赛都没有出线。美国女足为此而感到惋惜，她们为自己失去这样一个强劲的对手而感到惋惜。于是，美国女足主动到机场去送中国女足回国。她们主动分担中国女足的忧伤，有的人甚至抱头痛哭。

分享的意义不光在于分享快乐与悲伤，更在于它可以面对任何人——与亲人分享，与朋友分享，甚至像美国女足那样，与自己的对手分享，它的意义更是无穷的。

我们既然要分享，就少不了一个与你心灵相通的好朋友，我快乐你就快乐，我悲伤你就悲伤，我的成就就是你的成就。有了分享，春天，少不了鲜花的绽放；夏天，少不了雨后的彩虹；秋天，少不了金色的喜悦；冬天，又少不了那一丝的温暖。分享的神奇，也就不言而喻了。

　　我也是一个喜爱分享的人。"独乐乐不如众乐乐"这句话一直被我津津乐道。与人分享快乐与悲伤，你的痛苦会减半，而你的快乐却会增倍。分享，实乃人生一宝。

第八章

给别人鼓掌
——快乐的人生不要嫉妒

在竞争中不失君子风范

人才看得见人才

给别人一点儿掌声

改变一个人命运的鼓励

向竞争对手学习

做一个大度的人

愚蠢的夫妻

向你的对手敬杯酒

踩烂虚荣，擦掉心中的嫉妒

修剪友情之树

好孩子成长宝典 告诉大家，我是最棒的

在竞争中不失君子风范

1936年的柏林，希特勒对十二万观众宣布奥运会开始。他要借世人瞩目的奥运会，证明雅利安人种的优越。当时田径赛的最佳选手是美国的杰西·欧文斯。但德国有一个跳远项目的王牌选手鲁兹·朗，希特勒要他击败杰西·欧文斯——黑色人种的杰西·欧文斯，以证明他的种族优越论——种族决定优劣。

在纳粹的报纸一致叫嚣(xiāo)把黑人逐出奥运会的声浪下，杰西·欧文斯参加了四个项目的角逐：100米、200米、4×100米接力和跳远。跳远是他的第一项比赛。希特勒亲临观战。鲁兹·朗顺利进入决赛。轮到杰西·欧文斯上场，他只要跳得比他最好成绩少过半米就可进入决赛。第一次，他逾越跳板犯规；第二次他为了保险起见从跳板后起跳，结果跳出了从未有过的坏成绩。

他一再试跑，迟疑，不敢开始最后的一跃。希特勒起身离场。

在希特勒退场的同时，一个瘦削、有着湛蓝眼睛的雅利安人种德国运动员走近欧文斯，他用生硬的英语介绍自己。其实他不用自我介绍，没人不认识他——鲁兹·朗。

鲁兹·朗结结巴巴的英文和露齿的笑容松弛了杰西·欧文斯全身紧绷的神经。

鲁兹·朗告诉杰西·欧文斯，最重要的是取得决赛的资格。他说他去年也曾遭遇同样情形，用了一个小诀窍解决了困难。果然是个小诀窍，他取下杰西·欧文斯的毛巾放在起跳板后数英寸处，从那个地方起跳就不会偏失太多了。杰西·欧文斯照做，几乎打破了奥运会纪录。几天后决赛，鲁兹·朗破了世界纪录，但随后杰西·欧文斯以微弱优

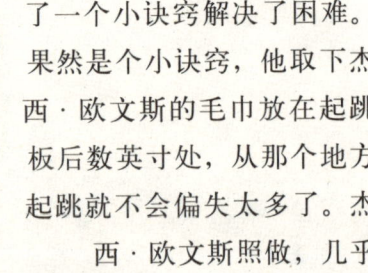

160

势战胜了他。

贵宾席上的希特勒脸色铁青,看台上情绪昂扬的观众倏忽沉静。场中,鲁兹·朗跑到杰西·欧文斯站的地方,把他拉到聚集了十二万德国人的看台前,举起他的手高声喊道:"杰西·欧文斯!杰西·欧文斯!杰西·欧文斯!"看台上经过一阵难挨的沉默后,忽然齐声爆发:"杰西·欧文斯!杰西·欧文斯!"杰西·欧文斯举起另一只手来答谢。等观众安静下来后,他举起鲁兹·朗的手朝向天空,声嘶力竭地喊道:"鲁兹·朗!鲁兹·朗!鲁兹·朗!"全场观众也同声响应:"鲁兹·朗!鲁兹·朗!"

没有诡谲的政治,没有人种的优劣,没有金牌的得失,选手和观众都沉浸在君子之争的感动里。

杰西·欧文斯创造的8.06米的世界纪录保持了24年。他在那次奥运会上荣获4枚金牌,被誉为世界上最伟大的运动员之一。

多年后杰西·欧文斯回忆说,是鲁兹·朗帮助他赢得了四枚金牌,而且使他了解,单纯而充满关怀的人类之爱,是真正永不磨灭的运动员精神,他所创的世界纪录最终有一天会被后起的新秀打破,但这种运动员精神永不磨灭。

读故事 长智慧

常有一些所谓厄运,只是因为对他人一时狭隘的嫉妒和刻薄的刁难,而在自己前进的路上自设的一块绊脚石罢了。一个人只有豁达、开朗、宽容才能接受别人。善于与他人相处,能承认他人存在的意义和作用,他也就能被他人所理解和接受,为集体所接纳,就能与别人互相沟通和交往,使人际关系协调。

人才看得见人才

某广告公司以高效率、高效益著称业内。据说其选拔人才的方法苛刻而奇特，但至今没有人知道细则。即使那些应聘落选者，对考试经历也是守口如瓶。

刚毕业的我，决定去试一试。若能进这家公司，将是很光彩的。

不料选拔过程很简单：第一轮，集合所有应聘人员来公司大会议室，指定一个题目，在规定时间内设计一件作品。所有的考生都能按时完成任务，然后由专家组评审，当天下午即公布入围者名单。

第二轮考试在第二天下午。与昨天一样，也是在大会议室，指定一个题目，在规定时间内设计一件作品，不过应考者少了许多。我心中暗笑：专家组决定我们的命运，老一套了，没什么稀奇。

果然，时间一到，收了卷子，全部送到另一间屋子，请专家组评审。不同的是，公司主考官要求我们等待，并送来午餐。

吃饭那会儿，我们十个佼佼者谈笑风生，议论起外界对这家公司的传言，觉得好笑：明明是常规考试，带些运气的选拔赛，却说得那么神秘。或许这家公司善于故弄玄虚？

不足两小时，十份作品皆评审完毕。主考官笑眯眯地进来了，将作品发还原作者，然后说：我公司向来重视专家的意见，但作为一种艺术品，你们也为广告设计倾注了自己的灵感与心血，因此，专家的评分只占此轮考试的50%，另一半分数由你们相互评审。

大家都有些吃惊。然后便按主考官要

求,各自带作品上前台展示一次,另外九人则在下边评分,并写简略评语。当然,彼此不准交换意见。考场出奇地安静。

另外九人中,至少有三人的作品令我叹服,我不得不怀着复杂的心情给了他们高分和好的评语。因为我相信:专家的眼光不会比我差,我不能刻意去贬低别人……

最终,我入选了,有点意外,更意外的是,令我叹服的那三个人中,只有一名入选!我简直怀疑专家组以及公司的眼光!但随后总裁与我们的首次谈话令我释然——最后十位考生,都是专家组眼中的佼(jiǎo)佼者;而你们之间的相互评审,更能证明自身的能力与素质。庸才看不见别人的才华,情有可原,看不见人才的人才,就很狭隘了。我们不仅需要人才,更需要那些彼此欣赏、相互协作、团结共进的人才。

读故事 长智慧

没有掌声的演出是可怕的,有谁受得了死一般的寂静;没有掌声的人生是可悲的,有谁愿意在压抑中生存。让掌声响起来吧,人生需要鼓励。多为别人鼓鼓掌,多给别人一些鼓励与认可。为别人鼓掌,也会获得别人的喝彩;相互鼓掌,才能相互提高,这是合作的需要,也是健康的需要。

给别人一点儿掌声

一个在巴黎旅游的外国人,在车站附近遇到一个街头卖艺者。街头人流熙来攘往热闹非凡,过往的很多人都被他那悠扬的琴声所吸引。那琴声悠悠,如泣如诉,似乎在向人诉说令人感伤的故事。拉完一曲,周围的人纷纷慷慨解囊,向钱罐里丢钱,有的面额还不小。转眼工夫,钱已装满了罐子。但卖艺者脸上并没有一丝欣喜的表情。

"已赚到不少钱了,他为什么还不快乐?"旅游者望着卖艺人那依旧忧郁的面孔,疑惑地问。

"也许他需要掌声吧。"她的朋友淡淡地说了一句。

旅游者的心被触动了,她缓缓抬起手来,为之鼓掌。果然,卖艺人那张黯淡清瘦的脸慢慢绽开了,眼睛里还溢出了感激的泪水。

不错,卖艺者心底的最终期待是掌声!

钱只不过是别人因可怜他而给予的一种恩赐,而掌声则是对他人生经历的赞许和鼓励,是真正发自内心的无私认可。

人生旅途往往险峻崎岖,布满荆棘(jīng jí),不幸、灾难随时都可能降在头上,人为了生活不得不与之斗争。在斗争的过程中,难免会坠入危难的境地。此时,最好的帮助就是给予一点儿掌声,为之喝彩,因为这能给人以生之动力和信心。

这掌声能帮助一个水手在黑暗、广袤的海洋中找到希望之灯;这掌声能使一个求知者在断壁悬崖边找到通幽之捷径;这掌声能使一个绝望者的"冰心"解冻，重整生活之旗鼓。

这掌声使人感到自己受到了关注，得到了赞许。他们因为有了掌声而备感欣慰，他们也因为有了掌声而信心百倍。

把掌声送给别人，不是刻意抬高别人，贬(biǎn)低自己，更不是吹牛拍马、阿谀奉承，而是对别人的闪光点进行肯定。相反，如果没有正常的心态，就不可能正确看待别人的能耐。心态健康的人应该知道，善于为别人鼓掌，其实也是在给自己加油。是的，当我们没有成功时，我们应该真诚地为走向成功的人鼓掌；当我们走向成功时，更要学会为别人鼓掌。相互鼓掌才能相互提高，当你善于为别人鼓掌时，才会获得更多人的喝彩。

在人生的大舞台上，每一个人都需要掌声。即便人家做得不够好同样希望得到认可。所以当别人取得成功的时候，请不要吝啬自己的掌声。

读故事 长智慧

这位卖艺者是一位哲人，因为他寻求的是知音，期待的是掌声。当我们失落丧气时，希望有人给予我们勇气；当我们犹豫彷徨时，希望有人能给予理解；当我们精神穷困时，希望能得到热烈的掌声。是的，我们在不断地等待着，祈求着爱心的降临，但我们更在时时刻刻寻找着知音，寻找着精神世界的同路人。只有这样，我们才不至于绝望，也会像那位卖艺人一样流出感激的泪水。

改变一个人命运的鼓励

第一次参加家长会，幼儿园的老师说："你的儿子有多动症，在板凳上连三分钟都坐不了，你最好带他去医院看一看。"回家的路上，儿子问她老师都说了些什么，她鼻子一酸，差点流下泪来。因为全班30位小朋友，唯有他表现最差；唯有对他，老师表现出不屑。然而她还是告诉她的儿子："老师表扬你了，说宝宝原来在板凳上坐不了一分钟，现在能坐三分钟了。其他同学的妈妈都非常羡慕妈妈，因为全班只有宝宝进步了。"那天晚上，她儿子破天荒吃了两碗米饭，并且没让她喂。

儿子上小学了。家长会上，老师说："全班50名同学，这次数学考试，你儿子排第40名，我们怀疑他智力上有些障碍，您最好能带他去医院查一查。"回去的路上，她流下了泪。然而，当她回到家里，却对坐在桌前的儿子说："老师对你充满信心。他说了，你并不是个笨孩子，只要能细心些，会超过你的同桌，这次你的同桌排在21名。"说这话时，她发现，儿子黯淡的眼神一下子充满了光，沮丧的脸一下子舒展开来。她甚至发现，儿子温顺得让她吃惊，好像长大了许多。第二天上学时，去得比平时都要早。

世界博览会的起源

早在公元5世纪，波斯举办了一个超越集市功能的展览会。当时的波斯国王以陈列财务来炫耀本国的财力物力，以威慑邻国。18世纪末，人们逐渐想到举办与集市相似但只展不卖的展览会。这一新的想法于1791年在捷克的布拉格首开先河。到了19世纪中期，展览会上的展品和参展商超出了单一国家的范围。

孩子上了初中，又一次家长会。她坐在儿子的座位上，等着老师点她儿子的名字，因为每次家长会，她儿子的名字在差生的行列中总是被点到。然而，这次却出乎她的预料，直到结束，都没听到。她有些不习惯。临别，去问老师，老师告诉她："按你儿子现在的成绩，考重点高中有点危险。"她怀着惊喜的心情走出校门，此时她发现儿子在等她。路上她扶着儿子的肩，心里有一种说不出的甜蜜，她告诉儿子："班主任对你非常满意，他说了，只要你努力，很有希望考上重点高中。"

高中毕业了。第一批大学录取通知书下达时，学校打电话让她儿子到学校去一趟。她有一种预感，她儿子被清华录取了，因为在报考时，她给儿子说过，她相信他能考取这所学校。她儿子从学校回来，把一封印有清华大学招生办公室的特快专递交到她的手上，突然转身跑到自己的房间里大哭起来。边哭边说："妈妈，我知道我不是个聪明的孩子，可是，这个世界上只有你最能欣赏我……"

一句鼓励的话可改变一个人的观念与行为，甚至改变一个人的命运！一句负面的话可刺伤一个人的心灵与身体，甚至毁灭一个人的未来！

读故事 长智慧

一句鼓励的话，可以改变一个人的观念与行为，改变一个人的命运。人生，就像开放在郊外的野花，万紫千红，芳香四溢。鼓励的话语犹如阳光雨露，滋润着每一片花瓣。赞扬是一片照射在冬日的阳光，使饥寒交迫的人感到人间的温暖，精神的鼓励激励着每一个孤独无助的人勇往直前。

向竞争对手学习

有个名叫西拉斯的人,面临着想不到的危机,进退维谷,差点砸了全家的饭碗。此人在一个小镇上开着杂货铺。这铺子是他爸爸传下的。他爸爸又是从他爷爷手里接过来的。他爷爷开这铺子的时候,南北两边正在打仗。西拉斯买卖公道,信誉很好。他的铺子对镇上的人来说,就像手足,不可缺少,西拉斯的儿子在长大,小铺子就要有新接班人了。

可是有一天,一个外乡人笑嘻嘻来拜访西拉斯,情况便变得严重了!

此人说,他想买下这铺子,请西拉斯自己作价。

西拉斯怎么舍得?即便出双倍价他也不能卖!这铺子不光是铺子呀,这是事业,是遗产,是信誉!

外乡人耸耸肩,笑嘻嘻地说:"抱歉。我已选定街对面那幢空房子,粉刷一番,装修富丽堂皇,再进些上好货品,卖得便宜些。那时你就没生意了!"

西拉斯眼见对面空房贴出了翻新告白,一些木匠在里面锯呀刨呀,又有一些漆匠爬上爬下,他心都碎了!他无可奈何却又不无骄傲地在自家店门上贴了张告白:敝号系老店,95年前开张。

人们对比读了,无不吃吃暗笑。

新店开业前一天,西拉斯坐在他那阴暗的店堂里想心事。他真想破口把对手臭骂一顿。

幸亏西拉斯有个好妻子。

"西拉斯,"她低低的声音缓缓地说,"你巴不得把对面那房子放火烧了,是不是?"

"是巴不得!"西拉斯简直在咬牙切齿,"烧了有什么不好?"

"烧也没用,人家保险过。再说,这样想也缺德。"

"那你说我该怎么想?"西拉斯冒着火。

"你该去祝愿。"

"祝愿大火来烧?"

"你总说自己是个厚道人,西拉斯,可一碰到切身事就糊涂了。你该怎么做不很清楚吗！你应该祝愿新店开业，祝愿它成功。"

"你这是脑筋出了窍吧，贝蒂。"

话虽这么说，西拉斯决定去一次。

第二天早晨新店还没开门，全镇人已等在外边。大家看着正门上方赫然写着"新新百货店"几个金字，都想进去一睹为快。西拉斯也在人堆里，他快快活活，跨到台阶上大声说：

"外乡老弟，恭喜开业，祝你给全镇人添方便！"他刚说完便吃了一惊，因为全镇人都围上来朝他欢呼，还把他举起来。大家跟他进店参观。谁都关心标价，谁都觉得很公道。那外乡老板笑嘻嘻牵着西拉斯的手，两个生意人像是老朋友。

后来，两家生意都做得兴隆，因为小镇一年年变大了。

读故事 长智慧

在如今的现实生活中，处处充满着激烈竞争，每个人都会遭遇许许多多的对手。真正明智的人，不会总是想着该怎样去彻底打败对手，而是把对手视为一个值得自己学习的朋友，一个值得奋力超越的朋友。因为只有这样的竞争，才是友善的竞争，积极的竞争。在这样的竞争中，大家才能共同进步。

做一个大度的人

18世纪的法国科学家普鲁斯特和贝索勒是一对论敌,他们对定比定律的争论长达9年之久,各执一词,互不相让。最后的结果是以普鲁斯特胜利而告终,普鲁斯特成为定比这一科学定律的发明者。普鲁斯特并未因此而得意忘形,据天功为己有。他真诚地对曾激烈反对过他的论敌贝索勒说:"要不是你一次次地质难,我是很难深入地研究这个定比定律的。"

同时,他特别向公众宣告,发现定比定律,贝索勒有一半的功劳。

这就是大度。允许别人的反对,不计较别人的态度,充分看到别人的长处,并吸收其营养。这种大度让人感动。

曾经阅读冯骥才的"大度读人",他说"读人时,要学会宽容,要学会大度,由此才能读到一些有益于自己的东西,才能读出高尚,才能读出欢乐,才能读出幸福。"是的,读人应该大度,为人也应该大度。春秋战国时的蔺(lìn)相如,当了赵国的宰相,大将廉颇不服,每每要想法羞辱他。而蔺相如为了顾全赵国的大局,总是忍受和回避,结果感动了廉颇,亲自负荆到蔺相如家中请罪,从此将相和好,共辅赵国,以御强秦。正是蔺相如的宽宏大度,才赢得了廉颇的信任与尊敬。

法国文豪卢梭,11岁时爱上了刚好比他大11岁的德·菲尔松小姐,深深地被她身上特有的那种成熟女孩的清纯和靓(liàng)丽所吸引,而德·菲尔松似乎也喜欢卢梭。于是,两人轰轰烈烈地相恋了。

但不久卢梭就发现,德·菲尔松所做的一切,只是为了激起她所暗恋的另一个男

人的醋意，用她自己的话说，"只不过是为了遮掩一些其他的勾当"。卢梭那颗早熟而敏感的心受到了巨大的伤害，他发誓再也不见这个玩弄别人感情的女人。

20年后，已经大名鼎鼎的卢梭荣归故里，在波光粼粼的湖面上，他看到了坐在另一条船上的德·菲尔松。她衣着简单，面容憔悴，神情黯淡，完全没有了往日的风采。如果换成一个鼠肚鸡肠的人，他一定会凑过去和她重提旧事，让她后悔，让她无地自容，这是多好的复仇机会啊。即使仅仅过去打个招呼，对极要面子的德·菲尔松也是一种很好的示威。但卢梭悄悄把船划开了，他觉得和一个四十多岁的女人算陈年旧账毫无意义。

卢梭是一个快乐的人，他因为宽容而轻松，因为轻松而快乐。宽容大度是一只灵巧的手，它能够解开伤害这个死结。

一个大度的人，才会善于发现别人的优点；一个大度的人，面对别人的优点会赞美而不会嫉妒；一个大度的人，才能把别人的快乐当作自己的快乐。

做一个大度的人吧，凡事"得宽怀处且宽怀"。

读故事 长智慧

俗话说"量小失众友，度大集群朋"。为人处世，只有胸襟宽阔，才能赢得友谊，增进团结。只有度量恢宏的人，才能谅解别人的难处，从而产生浪大的感召力，使人乐于亲近。而胸襟狭窄的人则注注嫉妒别人的才能，讥讽别人的短处，从而在他的周围产生一种无形的排斥力，使人对他敬而远之。

愚蠢的夫妻

有一对夫妻心胸很狭窄，总爱为一点小事争吵不休。有一天，妻子做了几样好菜，想到如果再来点酒助兴就更好了。于是她就拿瓢到酒缸里去取酒。

妻子探头朝缸里一看，瞧见了酒中倒映着的自己的影子。她以为是丈夫对自己不忠，把女人带回家来藏在缸里，就大声喊起来："喂，你这个死鬼，竟然敢瞒着我偷偷把女人藏在缸里面。如今看你还有什么话说？"

丈夫听了糊里糊涂的，赶紧跑过来往缸里瞧，他一见是个男人，也不由分说地骂起来："你这个坏婆娘，明明是你领了别的男人回家，暗地里把他藏在酒缸里面，反而诬陷我！""好哇，你还有理了！"妻子又探头往缸里看，见还是先前的那个女人，以为是丈夫故意戏弄她，不由勃然大怒，指着丈夫说："你以为我是什么人，任凭你哄骗的吗？你，你太对不起我了……"妻子越骂越气，举起手中的水瓢就向丈夫扔过去。丈夫侧身一闪躲开了，见妻子不仅无理取闹还打自己，也不甘示弱，于是还了妻子一个耳光。这下可不得了，两人打成一团，又扯又咬，简直闹得不可开交。

最后闹到了官府，官老爷听完夫妻二人的话，心里顿时明白了大半，就吩咐手下把缸打破。

一锤下去，只见那些酒汩汩（gǔ）地流了出来。不一会儿，一缸酒流光了，缸里也没看见半个男人或女人的影子。夫妻二人这才明白他们嫉妒的只不过是自己的影子而已，心中很是羞惭，于是就互相道歉，重又和好如初了。

我们遇到怀疑的事，不宜过早下结论，要客观、理智地去分析，才能够了解真相。尤其在生气

世界上有多少种语言？

目前世界上共有5651种语言。其中美洲印第安语有1000多种，非洲的语言也接近1000种，印度有150多种，中国有81种。在太平洋上的新几内亚，一个岛上就有几百种语言。有影响的语言只有500种，1400多种已绝迹，2/3的语言没有文字形式，将近1/3的现有语言濒临灭绝。

的时候，不能像故事中的这对夫妻一样见到自己的影子，不能冷静地思考分析，反被嫉妒心冲昏了头脑而伤了和气。

如果别人的嫉妒能把你打倒，这说明你虽然可能是优秀的，却不是最优秀的，在意志上更算不上优秀。

面对嫉妒者的中伤，常人最容易做出的也是最下策的反应就是反唇相讥。这样，你会因为别人的无聊，自己也变得无聊。甚至有可能陷入一场旷日持久，使心智疲惫又毫无意义的纠葛中。拜伦说过："爱我的我报以叹息，恨我的我置之一笑。"他的这"一笑"，真是洒脱极了，有味极了。对嫉妒者的中伤，最妙的回答是——让心灵安详地微笑。

读故事 长智慧

嫉妒是一种愚蠢卑下的情感，嫉妒会使人失去理智，甚至造成不可估量的损失。而对于嫉妒者的中伤，最妙的回击是置之一笑。当你妒忌别人的运气和际遇的时候，是否珍惜自己拥有的东西？为什么不看看自己既有的幸福，反而眼红别人？爱并不短暂，但是，生命却很短暂。爱一个人的时候，最好不要埋怨他没有给你什么，你该珍惜他给你什么。

向你的对手敬杯酒

如今,也许是竞争压力越来越大,校园中、班级里经常感到充满火药味的气息。有些同学宁愿把自己的同窗当成对手,甚至是敌人,却不愿意或不懂得为自己同学取得的成功而鼓掌。个别人在谈及其他同学成绩优秀、工作出色、生活顺意时,往往表现出的是失落和不悦,更有甚者在背后诋毁诽谤比自己优秀的人,以获得暂时的安慰。对于别人的表现,你偶尔会感到失落。说得更明白一点,你是在嫉妒别人的成就。但,你仔细想想,别人所占据的位子,真的是你需要的舞台吗?与其有时间去嫉妒别人,何不利用这时间去付出,去努力,去创造真正属于自己的舞台。

康熙大帝在继位执政60年之际,特举行"千叟(sǒu)宴"以示庆贺。在宴会上,康熙敬了三杯酒,第一杯敬太皇太后,感谢太皇太后辅佐他登上皇位,一统江山;第二杯敬众大臣和天下万民,感谢众臣齐心协力尽忠朝廷,万民俯首农桑,天下昌盛;当康熙端起第三杯酒时说:"这杯酒敬我的敌人,吴三桂、郑经、噶尔丹,还有鳌(áo)拜。"宴会上的众大臣目瞪口呆。康熙接着说:"是他们逼着我建立了丰功伟绩,没有他们,就没有今天的朕,我感谢他们。"

如果没有吴三桂这些敌人,康熙会有一番丰功伟绩吗?历史不能假设,但有一句话说得好:"一个人的身价高低,就看他的对手。"没有对手,就难以看出自己的价值,难以显示出自己的能力。

对手总会给你带来压力,逼迫你去努力地投入到"斗争"中去,并想办法成为胜利者。在同对手的对抗中,你才能真正磨

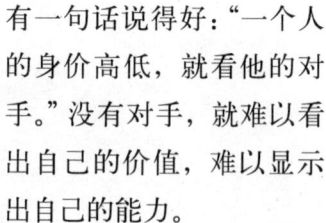

聪明的大象

大象会安慰家庭成员,在需要时及时帮助其他动物物种,在水中嬉戏时,通过震动双脚同对方进行交流。科学家说,他们的最大收获是一头名为"幸福"的亚洲雌象在镜子里认出了自己。这种复杂行为只有人、类人猿和海豚才有。

炼自己。从这一层意义上而言，你的对手是你前进的推动力，是你成功的催化剂。

当别人经过长时间演讲后，你是否要为他鼓掌，以表示你对他的鼓励和褒（bāo）扬呢？当别人在挫折面前屹立不倒的时候，你是否要为他鼓掌，以表示对他的敬佩和欣赏呢？当别人出色地完成任务时，你是否要为他鼓掌，以表示你对他的肯定和赞美呢？回答当然是肯定的，敬人者，人恒敬之，为别人鼓掌，也就是在给自己的生命加油。

生于忧患，死于安乐。如果你不想一生平庸，就微笑迎接一切挑战吧。向你的对手敬杯酒，感谢他们给了你成就自己的机会。

读故事 长智慧

康熙的伟业是被对手逼出来的，吴三桂、郑经这些人像一根根皮鞭，抽打着康熙让他不得不向前行进，一步一步，直至顶峰。或许我们可以设想一下，如果康熙没有这些对手，那么历史上还会出现康乾盛事这一说吗？没有对手的人生，是一种缺憾。海阔凭鱼跃，天高任鸟飞，不要担心对手会掩盖你的光芒，相反，我们总能因对手的存在而大放异彩。

踩烂虚荣，擦掉心中的嫉妒

在年轻时，柏拉图就非常有智慧，成就斐然。一天，他的一位朋友送给他一把非常精致漂亮的椅子，以此作为礼物来表达对柏拉图的尊敬和肯定。

几天以后，柏拉图的很多朋友都到他家里做客，他们都看到了那把精致的椅子。当大家知道了椅子的来历之后，他们之中有一位突然站到了那把椅子上，并且一阵疯狂地踩踏！还一边说："看吧，把柏拉图的虚荣给踩个稀烂！这把椅子就是柏拉图心中的虚荣与骄傲！"

大家，包括柏拉图本人全都吓了一跳！但很快柏拉图就冷静下来了，只见他不疾不慢去拿了一块抹布，悠悠地把被踩得脏兮兮的椅子擦拭干净，并请那位激动踩椅的朋友坐下，诙谐但具深意地说："谢谢您帮我踩掉心中的虚荣，现在我也帮您擦去心中的嫉妒，您可以心平气和地坐下和大家喝茶、聊天了吗？"

嫉妒，是最可怕的，但却也是最不易被自我给察觉的一种人性弱点。

就像看待一件艺术品，或是欣赏一幅美丽的画时一样，当我们在看待一些较杰出、有才华的人时，也要有"品味"，而不要有"酸味"！要懂得敞开心怀去"欣赏"别人的优点与成就，而不要总是酸、嫉在心，或是充满怨忿与不平衡。

一个心中怀有嫉妒的人，他是不会有快乐的，也不会想积极进取，只会变得偏激而一事无成，原本该美好的人生也将因而朽烂；相对地，若能对别人的长处与成就保持着一种欣赏、健康的心态，不但不会抑郁于心，还会自然而然地见贤思齐，补己之不足，让自己潜移默化地变成一个随和且求进步的人。"要去品味，不要有酸味"！用这样的态度去欣赏别人的优点，用这样的胸襟来看待别人的成就，用这样的原则来让自己进取，你将觉得无比的轻松、愉快和美好。

读故事长智慧

一个人的身价高低，就看他的对手。人的价值就是在与对手抗衡中得以彰显。与对手的竞争，是我们前进的推动力，是我们成功的催化剂。孔子曰：三人行必有吾师。我们要去掉虚荣，擦掉心中的嫉妒，充分学习别人的长处，弥补自身的不足，不断完善自我，超越自我。

修剪友情之树

友情更像一棵树，只要你细心，它就可以枝繁叶茂。

这棵树，有些枝要好好地保护，而有些枝条却要果断地修剪掉，树才能顺利生长。

有一枝叫抱怨。即使是再要好的朋友也不能忍受对他（她）的抱怨。

友情是美好的，但不完美，就像世间的事物一样，朋友之间也难免会有误解或矛盾，每个人都有性格，也许你不会当面指责朋友的错误，但若是到另一个朋友那里去说闲话，那就更糟了。

因为你失去的将不只是一个人的友谊。我毫不犹豫地砍下这一枝。

有一枝叫敏感，它总是放肆地生长着，烦扰着我对朋友的心情。

我曾经过于注重朋友对自己的态度，而不关心原因。

我总认为友情应是专一的，最好的朋友只有一个，要求朋友对我也同样专一，永远充满热情。

无论何时我需要帮助，甚至半夜把朋友从梦里拉起来聊天，她（他）也应毫无怨言，我不允许被朋友冷落，即使高朋满座，也不能把我遗忘……

后来，在失去了许多朋友之后，我才明白，友情是默默地关怀。

每个人都在为生活奔忙着，只要彼此知道牵挂着对方，有了困难便无条件地帮忙，最少我知道有可诉苦的去处，这就足够了。何必对友情刻薄呢？于是，我果断地砍掉这枝树叉。

面前又有一枝叫自视聪明。

如果你有才华或自视有才华，而且觉得自己很聪明，雄心勃勃，或事业小成，就可以趾（zhǐ）高气扬地在朋友面前炫耀，并自恃内行而压制别人的思想，那是非常错误的。

因为朋友之间是平等的，当你失败的时候正是他们来安慰你、鼓励你，每个朋友都见过你的落魄和奋斗全过程，并为你的成功而高兴。

如今你的狂妄会让人感到那么虚假和忘恩负义，骄傲会变成对友情的轻视，当你认为友谊不那么重要时，它便会悄悄远离你。赶快剪掉它。

还有一枝名叫嫉妒。这是人性中的一块阴影。

有时，面对朋友的成功我心中除了喜悦之外还多少有些失落的酸涩，这是危险的，那么迟早友谊会出现裂纹。

其实一个人的幸福，与朋友共同分享就成为大家的幸福，一个人的痛苦分成几份承担，也就不成其为痛苦了。

砍掉吧，别犹豫。

当你精心修剪掉这些敏感、抱怨、自视聪明、嫉妒之后，你会发现友情这棵树只剩下真诚、关怀、信任，快乐地伸展着枝条，旺盛地生长成一片葱郁。此时，你还会发现树的顶端有一只饱满而红艳的友情果实正高挂着，等你去采摘。

读故事 长智慧

再多的财富也有花光的一天，而友情却是一笔无尽的宝藏。友情就像一棵树。只有相互欣赏、相互理解、相互包容、相互支持，坦诚以待，友情之树才能永葆生机，长青不朽。

我战胜了嫉妒

"铃——铃——"上课前十分钟的铃声响了起来。班主任兴冲冲地走进教室，朗声对大家说："告诉大家一个好消息，我们班的刘杉同学在市里的书法大赛中获得了一等奖。"

我听了这个消息，真是又嫉妒又惭愧。我呆呆地坐在座位上，心想：你这个我学习上的对头，为什么同一时间学的书法，你得奖了，我怎么没得呢？想着想着，一股酸酸的感觉涌上心头，往事也不由得一件件浮现在眼前。

去年期末考试，我考的分比她高，钢琴比赛我获得了一等奖，歌咏比赛我获得了三等奖。对这些事，我是洋洋得意，因为我总是压着她一头。那时，她都没有嫉妒我，而是为我高兴，并且也在不断地努力着。可我为什么会这样呢？我呆呆地坐在那里，心乱如麻。

老师可能是看透了我的心思，下课时，她对我说："你想知道为什么你没得奖而刘杉得奖了吗？""想。"我说道。"就是因为她比你努力。前几次比赛，都是你比她好，但她不嫉妒你，而是为你高兴，在高兴的同时，她也在不断努力。而你却不一样，自己得了奖就高兴，别人得了奖你就嫉妒人家，这哪行啊？看到别人成功了，自己应该为她高兴，更应该努力才对呀！回去好好想一想老师对你说的话吧。"老师说完后，用期待的目光看着我。老师的话击中了我的要害，我惭愧地低下了头。是啊，别人的成功并不是自己的失败呀！遇到这种情况，我应该更加努力，并力争超过她才对呀，这样我们才能够共同进步啊！想到这，我心里突然感到轻松了起来：我战胜了嫉妒，感觉还不错。

人生路上嫉妒多

昨天我看到一幅漫画，画的是一朵小花被一壶热开水烫死了！多么新颖的构思！细细品味，实在发人深省！

在我们的人生道路上，也常常会碰到这种情况，当一个人取得了一定成绩，像画中那朵小花，初放新蕾时，总有那么一些人来"浇烫水"，仿佛"小花"是他们的冤家对头，不置之于死地就心中不宁。

这些"浇烫水"的人往往出于他们的嫉妒心。"嫉妒者之所以痛苦，是因为折磨他的不仅是自己本身的失败和挫折，还有别人的成功！"亚里士多德这段名言，一针见血地点穿这些产生"浇烫水"之类卑劣行为的根源——嫉妒心理。

看到别人的成就，他们想的不是"你好，我要比你更好"，而是"我不好，也不能让你好"。自己不如别人，就要拖住别人，不让别人前进，以此来满足自己的心理。嫉妒者成天自寻烦恼，为别人的进步而怀恨，想方设法去拆别人的台，把别人拉下来，而不去学习别人的长处。

然而，嫉妒之心在一定条件下也能转化为有利因素，关键看我们怎么引导、利用。廉颇出于嫉妒之心，处处与蔺相如作对，多次羞辱他，但蔺相如每次都能谅解廉颇，终于廉颇被蔺相如的大局观念所打动了，认识到自己的小肚鸡肠，他向蔺相如负荆请罪，从此两人相敬如宾，共同辅佐君王，使赵国更繁荣昌盛，留下了"将相和"的美谈。

人生是条路，漫长而曲折，如果我们能善待他人的嫉妒，能从嫉妒之心生出羡慕之意，进而化作我们前进的压力，进而把压力转化为动力，那又何尝不是一件幸事呢？

请为别人鼓掌

有一次，班主任把我们班的好作文叫同学念，当读到一篇很富有感情的作文时，同学们的掌声当然响亮无比。我因为紧张，再加上声音不大，读出来同学们根本无法听清楚，此时教室则是一片寂静。因为这样老师就让我把自己的作文给声音响亮清脆的同学读。

看到老师那失望的眼光，我开始还为自己的作文好而感到高兴，而此时却好伤心，当把作文交到那些声音大的同学手里时，心里有许多的不舍，但是又没有办法，只恨自己有一颗胆怯（qiè）的心。听到别的同学朗读我的作文时，声音虽然响亮，却根本无表情，所读的字字句句根本没有达到所要表达的效果。我自己在下面心里努力地说："他读错了，不是那样。"但已经是事无补。从此，我再也不敢大声地朗读。每次稍一大声就想起老师那不屑的眼神。为什么当时没有人给我掌声，虽然声音不大，也应该为我写的好文章而鼓掌啊！

　　面对别人的成功，请扬起我们的双手为别人鼓掌吧！用我们的掌声去肯定他的成功；用掌声来表达我们内心的激动；用我们的掌声创造热闹的场面。

　　面对别人紧张胆怯的心情，也请扬起你的双手吧！

第九章
初生牛犊不怕虎
——勇敢面对挫折

上帝没有给它鳔

心中的球洞

双腿残疾的骑马冠军

绝不轻言放弃

琴弦上的灵魂

扼住命运的咽喉

从铁匠的儿子到总统

痛苦中孕育美丽的翅膀

无腿的登山者

上帝没有给它鳔

上帝造了一群鱼。这些鱼种类多样，大小各异。为了让它们具有生存本领，上帝把它们的身体做成流线型，而且十分光滑，这样游动起来可以大大减少水的阻力。上帝使每种鱼拥有短而有力的鳍，使鱼在大海中自由自在地游动。

待上帝把这些鱼放到大海中的时候，忽然想起一个问题，鱼的身体比重大于水，这样，鱼一旦停下来，它就会向海底沉下去，沉到一定深度，就会被水的压力压死。于是，上帝赶紧找到这些鱼，又给了它们一个法宝，那就是鱼鳔。鱼鳔是一个可以自己控制的气囊，鱼可以用增大或缩小气囊的办法，来调节沉浮。鱼有了气囊，它不但可以随意沉浮，还可以停在某地休息。鱼鳔对鱼来讲，实在是太有用了。

出乎上帝意料的是，鲨(shā)鱼没有前来安装鱼鳔。鲨鱼是个调皮的家伙，它一入海，便消失得无影无踪，上帝费了好大的劲儿也没有找到它。上帝想，这也许是天意吧。既然找不到鲨鱼，那么只好由它去吧。这对鲨鱼来讲实在是太不公平了，它会由于缺少鳔而很快沦为海洋中的弱者，最后被淘汰。为此，上帝感到很悲伤。

亿万年之后，上帝想起他放到海中的那群鱼，他想看看鱼们现在到底如何？他尤其想知道，没有鱼鳔的鲨鱼如今到底怎么样了，是否已经被别的鱼吃光了。

第九章 初生牛犊不怕虎——勇敢面对挫折

当上帝将海里的鱼家族都找来的时候,他已经分不清哪些是当初的大鱼小鱼,白鱼黑鱼了。因为,经过亿万年的变化,所有的鱼都变了模样,连当初的影子都找不到了。面对千姿百态、大大小小的鱼,上帝问:"谁是当初的鲨鱼?"这时,一群威猛强壮、神气飞扬的鱼游上前来,它们就是海中的霸王——鲨鱼。上帝十分惊讶,心想,这怎么可能呢?当初,只有鲨鱼没有鱼鳔,它要比别的鱼多承担多少压力和风险啊。可现在看来,鲨鱼无疑是鱼类中的佼佼者。这到底是怎么回事呢?

鲨鱼说:"我们没有鱼鳔,就无时无刻不面对压力,因为没有鱼鳔,我们就一刻也不能停止游动,否则我们就会沉入海底,死无葬身之地。所以,亿万年来,我们从未停止过游动,没有停止过抗争,因此,我们练就了最强壮的躯体,成了海中的霸王。"

读故事 长智慧

鱼鳔对于鱼类的重要性不言而喻,但是鲨鱼没有鱼鳔这一天生的缺陷却使它们与挫折抗争,反而成就了它们海中霸王的地位。因为没有鱼鳔的鲨鱼无时无刻不面对压力,亿万年来,鲨鱼从未停止过游动,从未停止过抗争,所以练就了最强壮的躯体。鲨鱼要感谢这一缺陷,因为压力往往也是最大的动力。

好孩子成长宝典 告诉大家，我是最棒的

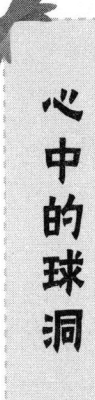

心中的球洞

詹姆斯·纳斯美瑟少校梦想着自己的高尔夫球技突飞猛进——他也发明了一种独特的方式以达到目标。在此之前，他打得和一般在周末才练上几杆的人差不多，水平在中下游之间，90杆左右。而他也有7年时间没碰过球杆、没踏上球场了。

无疑，这7年间纳斯美瑟少校一定用了令人惊叹的先进技术来增进他的球技——这个技术人人都可以效法。事实上，在他复出后第一次踏上高尔夫球场，他就打出了叫人惊讶的74杆！他比自己以前打的平均杆数还低20杆，而他已7年未上场！真是难以置信。不仅如此，他的身体状况也不如7年前好。

纳斯美瑟少校的秘密何在？

纳斯美瑟少校这7年是在德国战俘营中度过的。7年间，他被关在一个只有4尺半高、5尺长的笼子里。

绝大部分的时间他都被囚禁着，看不到任何人，没有人和他说话，也没有任何体能活动。前几个月他什么也没做，只祈求着赶快脱身。后来他了解他必须找到某种方式，使之占据心灵，不然他会发疯或死掉，于是他学习建立"心像"。

在他的心中，他选择了他最喜欢的高尔夫球，并开始打起高尔夫球。每天，他在梦想中的高尔夫乡村俱乐部打18洞。他体验了一切，包括细节。他看见自己穿了高尔夫球装，闻到绿树的芬芳和草的香气。他体验了不同的天气和状况——有风的春天、昏暗的冬天和阳光普照的夏日早晨。在他的想象中，球台、草、树、啼叫的鸟、跳来跳去的松鼠、球场的地形都历历在目了。

他感觉自己的手握着

爱干净的猪

小朋友们可能会觉得猪总是一身污泥，似乎不太讲卫生，但一些专家指出，它们可能是已知圈养动物中最聪明，同时也最爱干净的，甚至超过猫和狗。不幸的是，由于没有汗腺，猪才会在泥浆中打滚以便让身体保持凉爽。

186

球杆，练习各种推杆与挥杆的技巧。他看到球落在修整过的草坪上，跳了几下，滚到他已选择的特定点上，一切都在他心中发生。

在真正的世界中，他无处可去。所以在他心中他步步向着小白球走，好像他的身体真的在打高尔夫球一样。

在他心中打完 18 洞的时间和现实中一样。一个细节也不能省略。他一次也没有错过挥杆左曲球、右曲球和推杆的机会。

一周 7 天，一天 4 个小时，18 个洞，7 年，少了 20 杆，他打出 74 杆的成绩。

在面对挫折之时，有的人向现实妥协，放弃了自己的理想和追求；有的人没有低头认输，他们不停审视自己的人生，分析自己的错误，勇于面对，从而走出困境，继续追求自己的梦想。

读故事 长智慧

遇见不如意的事，通常你的反应是什么？沮丧、埋怨、忧愁？想想你目前所处的光景，并学习接纳你所面对的各种困难，因为万事互为因果，在苦难的外衣下，隐藏有无穷的机会。晕是节奏繁忙、无目的地追求，但可怕的，却是放弃追求的时刻。

好孩子成长宝典 告诉大家，我是最棒的

双腿残疾的骑马冠军

有个女孩，在城里教书，因厌倦了城市里忙碌的生活，于是她决定要到郊区购买一处牧场，实现她多年来的愿望，过着田园般朴实的生活。

这位女孩非常喜欢骑马，所以她在牧场中，设有马场，让喜欢骑马的人，都能共享骑马的乐趣。

此外，这位女孩还开办了骑马的课程，让想学骑马的人，有个学习的场所。

不过，在课程开办的当天，众人中出现了一位双腿残疾的小朋友。

当看到这个小朋友，那位女孩吓了一大跳。她深深地懂得，双腿残疾的人是很难骑马的。因为正确的骑马姿势是：骑马小走的时候要用脚前半部踩蹬，上身直立坐稳马鞍。而在快走和快跑时，需要用小腿膝盖和大腿内侧用力夹马，身体稍前倾，臀部和马鞍似触非触，跟随马的跑动节奏起伏。很难想象，这个小朋友如何在骑马的过程中保持身体平衡，没有双腿夹着马，又怎么保护自己的安全呢？而且，如何上下马都是问题。一般的人上马需要用左手拉紧马缰握于掌中并握住马鞍的前桥，将马镫套入左脚，右手握住马鞍的后桥同时在左脚的作用力下才能翻身上马。

她本想婉言拒绝，但在听完这个小朋友的志向后，她就改变了原先的想法。

这个小朋友告诉她说："我很想学骑马，虽然我目前这个样子，是很困难的，但我一定会努力，我希望能在日后的各项比赛

中，都有不错的表现。"

当看到这个小朋友满怀的希望时，那位女孩实在不忍心拒绝，所以她就决定要好好地教导那个小朋友。

经过多年的训练后，这个小朋友骑马的技术已进步很多，没有输给其他任何选手。

当这个小朋友带着满满信心，参加了各种比赛时，都如愿地有不错的表现。并且还拿了多次冠军奖杯。

一个人只要不放弃自己，纵使身体有残障，或先天条件比人差，但只要能带着满满的信心，面对任何事，他所表现的，一定不会输给任何人，还可能会胜过很多人。正如马克·吐温所说："如果做得对，或够努力的话，我们就能确保会得到别人对我们的赞许；但我们对自己的赞许，将会更有意义……"

就如同这个小朋友一样，只有不放弃自己，认真地学习，又不断地努力，才会有后来的成就。如果带着满满的信心，去面对每一天，相信在心中所激起的决心，绝对是会很强烈，也会很有力量的。

读故事 长智慧

有心无难事，有诚路定通，双腿残疾照样可以成为骑马冠军。精彩的人生是在挫折中造就的，你只要按照自己的禀赋发展自我，不断地超越心灵的绊马索，你就会发现自己生命中的太阳闪耀着熠(yì)熠光彩！

绝不轻言放弃

美国《黑人文摘》杂志创始人，约翰森出版公司总裁，拥有三家无线电台的约翰·H·约翰森闻名世界，他的成功为美国公民，尤其是为美国黑人树立了很好的榜样。

1927年，美国的阿肯色州密西西比河大堤被洪水冲垮，9岁的约翰森的家全部葬入水底，幸好在洪水即将吞噬他的一刹那，母亲用力把他拉上了堤坡。

1932年，约翰森八年级毕业了，阿肯色城的中学不招收黑人，要接着读书只能到芝加哥城去，但是他出身贫寒，家里根本没有那么多钱。这时，母亲做出了惊人的决定，让约翰森复读一年，母亲则为整整50名工人洗衣、熨(yùn)衣和做饭，为他攒钱上学。

1933年夏，家里终于凑足了那笔血汗钱，母亲带着他踏上火车，奔向了陌生的芝加哥。在芝加哥，母亲靠当佣人谋生，艰难地维持他们母子的生活。约翰森学习非常刻苦，以优异的成绩中学毕业，后来又顺利地读完大学。1942年，他开始创办一份杂志，但是最后一道障碍是缺少500美元邮费，他无法向可能的客户发函。一家借贷公司愿意借款，但有一个条件，得要一笔财产做抵押。母亲曾经分期付款好长时间买了一批新家具，无疑，这是她一生最喜爱的东西了。但是她最后还是同意将家具做了抵押。

1943年，那份杂志获得巨大成功。约翰森终于可以做自己梦想多年的事情了：将母亲列入他的员工工资花名册，并告诉她算是退休工人，再不用工作了。那天，母亲哭了，约翰森也哭了。这么多年的风风雨雨，母子两人相依为命，是该取得回报的时候了。

但是后来，他经营的一切仿佛陷入谷底，当时面临着巨大的困难和障碍，仿佛已无力回天。他心情忧郁，想着自己多年的心血就要付诸东流，更重要的是，无法让母亲安稳幸福地生活，倍感愧疚。他告诉母亲："妈妈，看来这次我真的要失败了。"

"儿子，"母亲听了他的话，神情坚毅地说，"你努力试过了吗？"

"试过。"

"非常努力了吗？"

"是的。"

"很好，"母亲以断然的语气结束谈话，"无论何时，只要你努力尝试，绝不轻言放弃，就不会失败。"

果然，约翰森渡过了难关，攀上了事业的新巅峰。

不管做什么事情，只要放弃了，就没有成功的机会；不放弃，就会一直拥有成功的希望。如果你有99%想要成功的欲望，却有1%想要放弃的念头，这样只能与成功无缘。放弃，代表你对困难恐惧，对成功恐惧。我们完全有理由相信，彪炳（bǐng）的功业，无一不受过无情的打击，只是这些成功者能坚持到底，终于获得辉煌成果。命运全在搏击，奋斗就是希望。失败只有一种，那就是放弃努力。

读故事 长智慧

挫折是每个人生命中的必修功课，但只要我们一心朝着目标前进，坚持不懈，整个世界都会为我们让路。成就辉煌的人绝不轻言放弃，成功者不过是爬起来比倒下去多一次而已。在人生的旅程中随时都可能遭遇一道道难关。如果我们心存疑虑、畏首畏尾，就会寸步难行、一事无成；只有抱持坚定的信念，鼓足勇气，积极突破心障，才能不断超越自我，迈向更高的人生境界。

琴弦上的灵魂

帕格尼尼是一个从苦难的沼泽中爬出来的天才人物。他3岁学琴，12岁举办音乐会并一举成功，引起媒体铺天盖地的报道，之后他的琴声遍及法、意、奥、德、英、捷等国。据说，帕格尼尼的演奏，曾使帕尔玛首席提琴家罗拉惊讶得从病榻上跳了下来，木然而立，自觉无颜收他为徒。

4岁时，帕格尼尼几乎被一场麻疹和强直性昏厥（jué）症送进棺材。7岁时又患上严重的肺炎，治疗中不得不大量放血。46岁那年，帕格尼尼的牙床突然长满脓疮，不得不拔掉所有的牙齿。牙病刚愈，又染上可怕的眼疾。从此，幼小的儿子就成了他行路的拐杖。50岁后，关节炎、肠道炎、喉结核等多种疾病疯狂地吞噬着他的生命。后来，帕格尼尼的声带也坏了，只能靠儿子按口型翻译他的意思。

然而，帕格尼尼似乎觉得自己的苦难还不够深重，他自己还要"折磨"自己。他长期把自己囚禁起来，每天练琴10至12个钟头，小提琴让他忘记了饥饿和死亡。苦难是他的情人，他终生都把她拥抱得那么热烈和悲壮。

这位天才的小提琴演奏家只活了57岁，死时口喷鲜血，仿佛要把终生的苦难都倾吐出来。但是，上帝给他的苦难好像还没有到头，帕格尼尼的遗体备受磨难，先后被迫搬迁了八次。帕格尼尼的琴声具有神奇的效果，意大利人传说他被魔鬼暗授妖术，所以才魔力无穷。

维也纳有位盲人。听到他的琴声，

以为是乐队在演奏。当得知台上只有他一个人时，禁不住狂呼："他是魔鬼。"然后，匆忙逃走。

巴黎人被他的琴声陶醉，以至于把正在流行的霍乱都抛在脑后，他的演奏会依然场场爆满……

歌德说帕格尼尼——"在琴弦上展现了火一样的灵魂。"李斯特大喊："天啊，在这四根琴弦中包含着多少苦难、痛苦和受到残害的生灵啊！"

我们不得不承认，有时命运之神的分配是非常不公平的，甚至说是残忍的。也许，在我们迈出人生第一步的时候，厄运已经开始纠缠着我们，并且使我们不得不忍耐超出平常人多倍的痛苦煎熬。但是，我们必须树立一个坚不可摧的目标，并朝自己的目标不懈努力，永远不说放弃。也只有这样，我们才会使自己的人生逐渐变得丰满起来！

读故事 长智慧

麻疹(zhěn)、强直性昏厥症、肺炎、牙床脓疮、关节炎、肠道炎、喉结核，帕格尼尼的一生可谓始终是疾病缠身。但病魔丝毫不能夺走帕格尼尼对音乐的挚爱，让这位天才得以展现那琴弦上的伟大灵魂。我们改变不了别人，却可以改变自己；我们不能控制自己的遭遇，却可以调节自己的心态。

扼住命运的咽喉

黎枫是一个高中生，我第一次看见他的时候，他正打着响指，声音清脆悦耳。我看到他只有一只右手，左臂空空荡荡，更让我吃惊的是，他的右手仅有两根指头，他竟用仅有的拇指和食指打出了响指！

当我们成为朋友后，我渐渐地了解了他的一些情况。9岁那年，他因顽皮触碰到高压线，从此失去了左臂和右手的三根手指。开始的时候，他感到万念俱灰。年少的他心中充满了绝望。后来在父母及老师的开导下，他才渐渐平复如初。

有一次，一个残疾人报告团来市里做报告，父母便打算带他去听，让他知道别的残疾人是怎样奋斗的，以此鼓舞他的斗志。他很高兴。可第二天他又不快乐了，父亲问他原因，他说："他们做报告的时候，我怎样为他们鼓掌呢？"

父亲看着他的眼睛说："两根指头也可以鼓掌呀！"那几天，他学会了打响指，听报告的时候。他以打响指代替掌声。

有一次，他和同学们讨论关于理想的话题，大家异常激动，有个同学站起来，两手紧握拳头大声说："我要用自己的双手去拼搏，我想成为一个企业家。"黎枫的眼睛立刻黯淡了，他的理想也是成为企业家，可他却不能像那个同学那样用双手去拼搏。

守骨头的狗

一位艺术家为一位漂亮异常却十分消瘦的妇人画了一张肖像画：妇人脚下躺着一条狗。

"您知道这是谁吗？"一位与仲马相识的妇人问他。

"这个吗？"仲马端详着画说："这是一条守着一堆骨头的狗。"

回到家中他一直闷闷不乐，在母亲关切的询问下，他讲述了白天发生的事。母亲没有说什么，默默地注视了他一会儿，便转身向门外走。忽然，一枚硬币从母亲手中落到地上，发出了清脆的声响。他忙跑过去，把那枚硬币拾起来还给母亲。母亲握着那枚硬币说:"孩子,你看,要拾起钱,两根手指就足够了!"他一下子愣住了,心中的震撼是无法形容的。

他对我说:"从那以后我就明白了,拼搏不只是用手,更重要的是,要有一颗健全的心!"

再一次看见黎枫的时候,他正用两根指头熟练地操作电脑。我们谈了好久,临别的时候,他打了一个响指和我再见。那一刻,我仿佛听到了他为理想奋斗的鼙(pí)鼓!是啊,即使上天只给你两根手指,你也可以用它扼住命运的咽喉!

读故事 长智慧

纵观历史,世界上有许多成大事者,或多或少都有各种各样的缺陷。但是他们没被这些挫折压倒,他们能够崛起的原因,就是他们蕴藏着人们难以估量的力量和坚毅的品格。假如你老想着自己的缺陷,那你就会失去奋起的勇气,失去前进的动力。勇敢地与挫折斗争吧,迎接你的,必将是那明媚和煦的阳光!

好孩子成长宝典 告诉大家，我是最棒的

从铁匠的儿子到总统

在伊朗德黑兰东南 100 公里的阿拉丹村，有一个贫穷的铁匠，他有 7 个子女，为了能让孩子们活下去，这位父亲整天要不停地打铁。

其中一个孩子特别懂事，7 岁那年，他就成了父亲的帮手。每天，他都要站在火红的铁炉前给父亲当助手，铁锤的敲击声伴他度过了童年岁月，贫穷的日子如同火与铁，铸就了他坚强的性格。

为了能让孩子们有更多机会学习，铁匠父亲把家从乡下迁到了德黑兰南部的贫民窟。虽然家境贫寒，但父亲不再让他打铁，毅然把他送到学校去读书。虽然吃不饱饭，没有衣服穿，但一想到艰辛打铁的父亲，他就充满了学习的热情。每天放学后，他仍像从前一样与父亲一起抡铁锤。他从不把贫穷当成可耻的事，而是作为奋斗的理由。从小学到高中，他一直力争成为所有同学中最优秀的。老师和同学们也没有因贫穷而看不起他，反而都夸他是"坚强的铁匠儿子"。

19 岁时，他在全国高考中以第 130 名的成绩考入伊朗科技大学，攻读土木工程专业。他是这所大学里最贫穷的学生，同时也是最勤奋的学生。1986 年，他成为该校首席专家。天道酬勤，1997 年，他获得交通运输工程博士学位。20 世纪 90 年代，他担任西北部阿尔达比勒省省长，任内连续三年被评为全国模范省长。

196

贫穷塑造了他为人朴实、平易近人和善良的性格。每到新年，他都会邀请邻居们一起庆祝。他生活俭朴，每天上班时自带午饭。他经常出入大街小巷，了解百姓生活，尽管自己也不富裕，却塞钱给肉铺老板，要对方打折卖肉给其他穷人。2003年4月，他成为德黑兰市市长。2005年6月25日，在伊朗总统竞选中，这个铁匠的儿子以高票当选新一届总统。

这个孩子名叫艾哈迈迪·内贾德。

内贾德当选总统后，他的财产清单更是震惊了全世界：一套住了40年连沙发都没有的老房子，一辆近30年连空调都没有的老爷车，两部电话，两张数字为零的活期存折——这就是他的全部家当！

人们总是害怕贫穷，因为它是一种困境，但对那些坚强乐观的人却是一种成长的佳境。贫贱不能移的精神，最终造就了内贾德，使这个铁匠的儿子一步步成长为总统。

读故事 长智慧

他从一个贫穷的铁匠的儿子，一步步成长为总统，再一次向我们证明了贫穷并不可怕，可怕的是缺少自立自强的精神。落后、愚昧、无知，这才是最大的贫穷。不要因贫穷去自卑，人生的道路自己走，只要走出贫穷的思想阴影，挺起腰杆，不屈不挠地阔步向前，最后我们会成为一个令人羡慕的强者。

痛苦中孕育美丽的翅膀

小青虫胖胖正跟着爸爸和蝗（huáng）虫们在草地上吃草。突然有一只小鸡直奔蝗虫爸爸啄（zhuó）去，但大蝗虫并不十分害怕，它张开翅膀"嗖"地一声飞跑了，其他蝗虫也很快地都飞走了。小鸡没啄到蝗虫，就一口将胖胖的爸爸老青虫拦腰啄住。尽管老青虫使劲扭动着身子，可什么用处也没有。老青虫痛苦地叹道："我们要是能飞就好了！"老青虫的话刚说完，小鸡就伸着脖子，一口一口将它吞到了肚子里。

看着这惊人的一幕，胖胖害怕极了，心想：是呀，我们有这么多天敌，大鸟、小鸟、小鸡……它们都可以随随便便轻而易举地把我们吃掉，我们若是能飞的话，也不会遭这份罪了。

小青虫胖胖怀着悲痛的心情爬到上帝面前，请求上帝赐给它一对能飞的翅膀。上帝皱了皱眉头说："要翅膀可以，但它不会轻易长出来的，需要战胜很多挫折、承受很多痛苦，彻底改变自己才行啊！"胖胖说："只要有能飞的翅膀，经历什么挫折、吃什么苦都行啊！"上帝说："你能不怕痛苦，舍得脱去翠绿的衣袍吗？"胖胖点点头说："能舍得。"上帝说："你愿意改变贪吃的毛病，经受几个星期不吃不喝的煎熬吗？"胖胖想了想说："愿意。"上帝又说："你还要一动不动，把自己关在黑暗的屋子里呆上一个冬天，你耐得住这个寂寞吗？"

小青虫胖胖最爱玩最爱动了，一刻也闲不住，但它想到爸爸的惨死、想到那对能飞的翅膀，坚决地点点头说："我会尽力耐住寂寞的。""好吧，那就让你试一试，"上帝摸摸它的头继续说，"你的生活将会遭遇无数个挫折和痛苦。"上帝向小青虫胖胖吹了一口气，不久，胖胖好看的翠衣变成了难看的黑皮，身子渐渐缩成一颗蚕豆般大小的黑蛹（yǒng），静静地挂在灌木丛的树叶上。

胖胖再也没有甜甜的草叶吃了，再也没有清凉的露珠喝了，它好难受好痛苦啊！可它想到那对能飞的翅膀，决心战胜贪吃的毛病，咬着牙忍住了。一天又一天过去了，可上帝还是让它独个儿呆在黑屋里。没有妈妈谈心，没朋友玩耍，胖胖寂寞得不得了，但想想那对能飞的翅膀，它硬是挺住了。终于熬过了漫长的冬天。

有一天,上帝派凤阿姨敲了敲小黑屋的门说:"出来吧,小青虫胖胖,你将会有一对能飞而又美丽的翅膀了!"胖胖立即咬破蛹皮,从小黑屋里爬出来。呀!自己完全变了,果然有了一对能飞而又美丽的翅膀。它轻轻地张开翅膀,愉快地飞了起来。啊,小青虫胖胖变成美丽的蝴蝶了,在天空中自由地飞翔。小鸡、小鸭们惊讶地望着它说:"这就怪了,小青虫怎么会飞了?"

上帝笑了笑说:"你们惊讶什么?凡是敢于战胜挫折,不放大痛苦并善于化解痛苦的生灵,都会成为生活的强者。"

读故事 长智慧

破蛹成蝶,青虫需要把身体缩在小小的黑苦中熬过一冬。凤凰涅槃,需要经历烈火的煎熬和痛苦的考验,才能获得重生。战胜挫折,需要我们拥有不畏痛苦、义无反顾、不断追求、提升自我的执著精神。在生活中,我们的成长,要靠自己的努力,要有所突破,更要加倍的努力,才能像蛹一样长出美丽的翅膀,蜕变成蝶。

无腿的登山者

他是一名业余登山员,他热爱登山,每眺望一座山峰时,他内心都涌动出一种征服的渴望。

1982年,他在攀登新西兰最高峰库克山时,突然遭遇暴风雪侵袭,受困冰洞达两星期之久。当救援人员赶到时,他已经奄奄一息。经过抢救,他保住了生命,但却从此失去了双腿。

失去双腿未能阻止他对登山的热爱。熬过了漫长恢复期,他戴上假肢又开始了登山训练。从此,一座座高峰被他踩在"脚"下。2004年,当他戴着假肢登上喜马拉雅山脉的卓奥友峰时,他的眼睛却凝视着与他近在咫尺的世界第一高峰珠穆朗玛。从那一刻起,他便在心中暗暗发誓,有朝一日一定要征服珠穆朗玛!

一个失去双腿的人,要去攀登世界的最高峰,登山界的任何人都认为这是不可思议的狂想。因为,一个身体健康的专业登山员,冲击珠峰也是无比艰难的。他不在乎这些话,他没有一点儿悲观失望,反而是信心在随着训练与日俱增。

2006年5月,他跨过南太平洋,来到这座世界最高峰的脚下,并向它发起挑战。他的每一步,都被全世界关注着,就在世人的悲情关注中,他的妻子安娜·因吉利斯突然接到他的电话。他告诉她:自己正"站"在海拔8844.43米的珠穆朗玛峰顶上。

婴儿的将来

有人向瑞士大教育家彼斯塔洛齐提出一个很难回答的问题:"能不能从襁褓中就看出,小孩长大后会成为一个什么样的人?"

彼斯塔洛齐很干脆地答道:"这很简单!如果襁褓中是个小姑娘,长大一定是个妇女;如果是个小男孩,长大后就是个男人。"

听到他成功登顶的消息,爱好登山运动的新西兰总理海伦·克拉克打电话祝贺这位"无腿勇士"登上了世界最高的山峰,给世界登山史增添了最灿烂的一笔。

这个没有双腿的登山者叫马克·因吉利斯。马克下山后,一个记者采访时对他说：对于一个没有双腿的登山者来说，登上珠峰是无法想象的，你为什么能创造这样的奇迹？马克的回答出人意料：一个肢体健全的登山者，在登山时总是担心身体的热量会从四肢流失掉，造成体温过低而出现生命危险。而与他们相比，越是在较高的海拔，我在肢体上的残缺越会成为"优势"。失去双腿，就意味着我能更好地保持全身的热量，这样，我就没有后顾之忧地登到了峰顶。

像失去双腿的马克·因吉利斯一样，每个人都存在着或多或少的缺陷，但千万不要为此而自卑，换个角度来看，这些缺陷可能正是他人无法比拟的优势。

读故事 长智慧

谁说被暴风雨折断的翅膀不再飞起？谁说被乌云遮去的蓝天不再明朗？谁说被挫折打击的心灵不再恢复？没有双腿，照样可以征服世界最高峰，因为，只要心中有梦，相信自己，就可以战胜挫折。只要你依然坚强，只要你始终坚守心中的信念，你就会从失败中崛起，从跌倒处站起，在坚强中胜利，在信念中成功。

我的故事

挫折之后

　　我是一个还不到十岁的小女孩，看了这个题目，你一定觉得很奇怪，这么小的孩子，会有什么挫折呢？或许对于大人来说，这算不了什么，可对于我来说，这无异于当头一棒，给了我重重地一击。每当想起这件事，我的心就会痛得颤抖起来。

　　那天，我从同学的口中得知，"正枫杯"英语口语大赛太钢教育处的初赛我没有被选上，我心里咯噔一下。想想在学校的口语大赛中，我发着高烧，以最优秀的表现从全年级英语口语最好的学生中脱颖而出，夺得了第一名，那时我的心情是何等激动。要知道，我不在乎赢了以后奖励如何，而只在乎能赢得同学们热烈的掌声与崇拜的目光。再说，我为了准备这次大赛，已经背诵了很多常用单词、句子、绕口令，甚至还背了好多文章，我是抱着必胜的信心和决心来的呀，可现在，我竟然连到市里参加比赛的资格都没有了……

　　一回到家，我就嚎啕大哭起来，呜咽着把事情的经过告诉了妈妈。妈妈微笑着对我说："是金子总会闪光的，不管它埋得有多深。关键是要把自己打造成真正的金子。何不以此为契机，好好练习口语呢？妈妈相信你，只要你能向着目标不懈地努力，你就会有赢的那一天。"

　　听了妈妈的话，我感触很深：如果就此放弃的话，那不是枉费了妈妈的一片苦心吗？从此以后，我每天都坚持听录音，练习口语，现在我的英语水平已经有了明显的提高，以前不会的单词现在听说读写样样都会，家里人都叫我"英语万事通"。受到表扬，我没有骄傲，因为我知道：泉水挑不干，知识学不完。我会更加努力，去营造自己的一片蓝天。

　　妈妈的话像明灯，指引着我不断前进。在挫折中，我磨炼了自己的意志；在挫折中，我学到了"胜不骄，败不馁"的道理；在挫折中，我得到了很多，很多……

面对挫折我选择了"战胜"

　　我不学躲避大海风暴的企鹅，因为大海不会永远风平浪静；我不当屋檐下苟（gǒu）且偷生的家雀，因为长空不会永远万里无云。只有在人生旅途中遇到山穷水尽而勇往直前，才会"柳暗花明又一村"……所以我不后悔自己的选择。

在我的学海生涯中，泪水多少次与汗水结合我已不再知晓。因为成绩不理想，我也曾想过放弃，但我不服输的精神，一直警醒着我，在经历一番番的思想挣扎后，我仍不悔地选择奋斗，我不信自己与成功无缘。

可是天公不作美，失败一次次落在我的头上，我不会怨恨，那是事实，但我也不会抱怨生活的不公，只相信自己的奋斗，使我不明白的是为什么奋斗总是不见回报，我已经尽力了，深夜中灯光仍亮在我的窗前，我已记不清了，我似乎看见失败在我头顶昂头长笑，它在讥笑我吗？挫折中我再次爬起，仰头看见的是爸妈任劳任怨的背影，泪水已充满了眼眶，我似乎觉得有些对不起父母，我想我的付出终究有成功那一天的到来，能换来父母自豪的笑容……

"千磨万击还艰劲，任尔东西南北风。"此乃千古流传之佳句，也同样激励着我，警示着我。爱迪生曾说过："尽管生活使你有一千次哭泣的理由，你也要做出一千零一次欢笑的容颜。"世界上没什么战胜不了的事，只有胆怯的人，要知道明知山有虎，偏向虎山行，世界才会被踩在脚下。

我视挫折为一双鞋，视艰辛为加油站，这一切只能激励我更快地前进。

沉静的秋色拦不住凄凉的北风，而凄凉的北风也拦不住我走向春天的脚步。我要大声地说："我不惧挫折！会勇往直前！"

勇敢面对

在学习中，每个人都会遇到挫折，你选择逃避，还是勇敢面对？而我，却是成功地战胜了它。

令人担心的考试成绩出来了，同学们都高兴地捧着它回家，希望父母能给予礼物。而我却流泪了，这泪水是酸的，是苦的，是无味的，是痛苦的……这泪水不能说出我心中的不安。我拿着试卷，有说不出的味道，看着用红色水笔写的大大的76，我低下了头。

这小小的试卷，这小小的分数，给了我巨大的挫折。这使我觉得没路可走了，这挫折掩埋了我前进的道路，这挫折把我的信心毁掉了……

当我低头的一刻，我想起了爸爸说的话："你考过了数不清的试卷，面对过无数的困难，这只不过是其中的一次，你要勇敢面对！"我轻轻地抬起头，擦干眼泪，感到无比温暖！

从此，我努力地学习，总希望有一天能够真正地成功战胜挫折！一天一天过去了，这次的期末测试，我得到了满意的分数——99分。我笑了，甜甜地笑了。这是爱的鼓励,使我打败了挫折,重新站在跑道上,不被它伤害。

我一天天长大了,我记住了,曾经我是多么弱小……所以,以后前进的道路上,我要像那次一样,勇敢,勇敢!

挫折,只不过是生活中要经历的一次,所以,你们也要勇敢地战胜它,不被它打败!

第十章
喜欢自己表现到底
——善于表现自己

告诉自己：我能行

口吃的孩子也能当演说家

把自己放在成功的轨道上

不要把手缩进袋里

我会开一家公司

做一个最好的你

不要成为毛毛虫

天生我材必有用

挑战不可能

我是森林中最出色的小鹿

展现领头鸭的风范

告诉自己：我能行

有个女孩有些口吃，因此生性胆怯。其实她的口吃并不严重，但她长期生活在自卑的阴影之中，脑海时时浮现老师轻蔑的眼神和自己在课堂上的尴尬场面，耳畔时时响起同学们的嘲笑声，时间长了，她的缺陷愈发明显。其实她的声音很好听，她的理想是当播音员或演讲家，在准备很充分的情况下，在不紧张时她的表现非常好，几乎听不出来她的缺陷。如果她主动告诉别人，别人会显出很惊讶的表情，说："不会吧，我怎么没听出来呢？你演讲得很不错啊！你在重要场合是太怯场了吧！"事实上，每当她站在讲台上时，面对台下众多的听众就会控制不住自己，结结巴巴。

因此，她错过了很多发展的机会。她感到很痛苦，常常独自舔舐伤口。

后来，在一位朋友的引荐下，她去拜访一位成功的长者。她把内心的苦恼倾诉给那位长者，然后恳求道："您在我认识的人中，是最有才智的一位，您可以给我指条成功的路吗？"长者微笑地听着，说道："对自己说：我能行。"

女孩犹豫了一下，缓缓开口说："我能行。"长者说："用心再说一遍。"女孩顿了顿，大声说着："我能行。"长者说："再来一遍。"突然，女孩用力大喊了一句："我能行！"

那位长者意味深长地说道："以后，经常对自己说这句话。永远不要对自己说'不能'。"

后来，那个女孩经过努力终于克服了自己的缺陷，屡屡在学校的演讲比赛中获奖，学习成绩扶摇直上，最终如愿以偿地考取了广播学院，实现了自己的理想。

　　短暂而又漫长的人生路上，我们应该学会欣赏和肯定自己。拿破仑说过，一个人应养成信赖自己的好习惯，即使再危急，也要相信自己的勇气与毅力。人要经常富有创意地自我对话，找到自己的价值，从而能够自我肯定。也许我们的幻想一次次地被现实无情地击碎，然而在这个世界上每个人都有太多的无奈。只要我们正确了解自我，并勇于超越自我；在人生风雨中酣畅淋漓地展示自我，活出自己的风采、魅力，潇潇洒洒，坦坦荡荡足矣！

　　只要你充满自信和勇气去做，就会有出色的表现。做到了这一点，距离成功还会远吗？

读故事 长智慧

　　喜欢自己就要表现到底。我们要学会欣赏自己，肯定自己。因为要想让别人肯定你，首先我们得自己肯定自己，自信一切都难不倒你，对横亘在你面前的所有障碍，你都能轻轻地拂去，如同掸掉一网蛛丝一般。不要轻易否定自己的能力，不要为自己的心灵设限，大声地告诉自己：我能行！

口吃的孩子也能当演说家

小丘吉尔出生于一个贵族世家,家庭条件很优越,在当地享有很高的名望。但是,小丘吉尔似乎一点都没有继承那个家庭的高贵血统,他呆头呆脑的,上课的时候总是不知道在想什么。

这还不算,小丘吉尔还有口吃的毛病。在班上他的成绩永远是最差的,可是他从来都不在乎。这让老师很是讨厌他。一天,老师发现在教室角落里的小丘吉尔又不知道在想什么。于是,老师很生气地问:"丘吉尔,你在干什么?"可是小丘吉尔似乎沉浸在自己的世界里,根本没有听到老师在叫他。

老师更生气了,他走到小丘吉尔的面前,气愤地拍着桌子说:"如果你还不回答我的问题,我就把你赶出去。"小丘吉尔惊慌地站了起来,但还是什么都没有说。

老师发怒了,大喊着:"你把你父亲的脸都丢光了,将来你只能做个可怜的寄生虫。""不,我,我,我……我要做……做个……演讲,讲,讲家。"小丘吉尔的话还没有说到一半,同学们就"哈哈哈"地大笑起来。

放学的路上,一群同学追了上来,他们围住小丘吉尔,嘲弄地对他喊:"讲话都讲不全,还想当演讲家?"

"做梦去吧!"

小丘吉尔想辩解几句,但自己就是说不出来,他开始着急,结果越是着急越是说不出来,他涨红了脸。

同学们嘲弄够了,就一哄而散,转眼间就剩下了小丘吉尔自己在空荡荡的路上。他努力地忍着,不让泪水流下来,小拳头攥得紧紧的。

回到家里以后,父亲看到儿子很是惊讶:小脸绷得紧紧的,和他说话也不理。从前如果是在外面挨了欺负,回到家里,儿子不是哭就是闹。如果没有挨欺负,回到家里就会到处乱翻。今天这副样子还从来都没有见过。

父亲急忙跟在后面问,最后被问急了,小丘吉尔终于开口了:"我……

我……我要当……当演讲家。"儿子甩下这句冷冰冰的话就回自己屋里了,任凭谁去敲门都不开。

屋子里,小丘吉尔对着墙上的那面大镜子,开始练习说话。他把每个单词的音节都一个音一个音地读,然后连起来读出整个单词,最后再一个字一个字地纠正。练习了一段时间以后,他就开始把几个单词放在一起连着读,一直到最后,他把整个句子连起来读。

从那天开始,他像换了个人似的。他不再害怕同学们的嘲笑,在课堂上主动要求起来朗读课文,尽管还是会口吃,读得也不连贯,但是,小丘吉尔在努力。回到家里,他就对着镜子大声的一遍一遍地说话,直到最后,他能够很连贯地说一个句子,甚至一大段话。后来,他还背诵了大量的著名的演讲词。

功夫不负有心人。小丘吉尔终于取得了极大的进步,在同学和老师的面前展露了他幽默风趣的口才。

这个口吃的孩子,后来竟然成为了英国的首相,在第二次世界大战中用他那富有激情的演讲鼓舞了千千万万的人。

读故事 长智慧

他呆头呆脑,还有口吃的毛病,他永远是班上成绩最差的孩子。可他为了实现做一名演讲家的梦想,天天对着镜子练习说话,课堂上也勇敢地表现自己,主动朗读课文,终于取得了巨大的进步,甚至成了英国首相。我们还犹豫什么呢,扔掉害羞的心理,走出自卑的阴影,为了心中的梦想,积极地表现自己吧。

把自己放在成功的轨道上

4年前,大学毕业后我被父亲介绍到舅舅的公司工作。

和我一起报到的还有刚应聘合格的两名大学生小黄和小陈。办完手续后,人事部安排我到销售科工作。我觉得自己天生腼腆,不善言辞,跑销售肯定不行。

我找到舅舅,向舅舅陈述了我的观点。舅舅点点头说:"那好吧,我跟人事部说一下,安排你到微机室做电脑管理吧!""电脑管理?"我不由皱起眉头,我知道自己的电脑水平实在太差,连最简单的文字排版都做不好,还做电脑管理员?

舅舅似乎看出了我的心思,对我说:"公司收发室还缺一位报纸收发员,不知道你愿意不愿意干?"看看再没有其他适合自己的工作,我只好点头答应了。就这样,我成为舅舅公司的一名报纸收发员。

3年后,跟我一起来公司的小黄由于销售业绩突出,升为业务经理;小陈踏踏实实做了两年电脑管理员后,辞职开了自己的电脑公司;而我依旧是公司的报纸收发员。

我感到不平,找到舅舅,希望他能给我换一份工作。舅舅仍然笑笑说:"你喜欢什么职位?我打电话给人事部!"我犹豫了,公司里除了门卫、收发室轻松省力外,其他的工作似乎都有不小的困难。我犹豫再三,还是做自己的本行吧!

看我不再言语,舅舅对我说:"你知道和你同来的小黄、小陈为什么都走向了成功,而你却依然是3年前的老样子?"我摇摇头说:"不知道。"舅舅说:"小黄和小陈之所以成功，因为他们选择了成功；你3年碌碌无为，因为你选择了失败！""我选择了失败？"我被舅舅说得分不清方向了。

舅舅继续说："进公司之初，小黄小陈就把自己放在了成功的轨道上。公司安排他们做销售、电脑管理，他们首先战胜了自己，相信我行、我可以、我能做好这项工作。然后他们努力地去完成这项工作，让自己一步一步走向了成功；而你，一开始就怀疑自己，自己不行、自己没有能力做好这份工作，所以你把自己丢进了失败的轨道里……"

舅舅语重心长的一番话，让我顿时醒悟：原来自己选错了轨道！

公司要到广州设立分支机构。舅舅把一张委任书交到我手里，说："去吧！这座发达的城市更能锻炼人！"我没有再犹豫，第二天就收拾好行囊，拿着委任书上路了。

一年后，分公司一跃跻身广州100强。

所有这一切，不由让我重新审视自己：自己变了吗？没有呀，我还是原来的我呀……

有些时候，人的失败不是在尝试后失败，而是在没有尝试之前就把自己放进了失败的轨道，在思想上、行动上打败了自己；人的成功也是一样，在没有尝试之前就把自己放在成功的轨道上，这样，也就离成功更近了一步！

读故事长智慧

如果我们把自己放到成功的轨道上，按照成功的标准要求自己，表现自己，踏实努力地完成每一个任务，那就一步一步走向了成功。而如果我们把自己放在失败的轨道里，怀疑自己，否定自己，那结局注定是失败的。

不要把手缩进袋里

贝蕾年轻的时候，她的爸爸说过这样意味深长的话："不要让外界告诉你你能做什么。手缩进袋里，你永远爬不上成功的梯子。"贝蕾的手有残疾。

高中时贝蕾想学打字，被拒绝只为了不拖全班的进度。爸爸告诉她："时光易逝，你不能就那样被阻挡，还有好多障碍等着你呢。"于是，她借了朋友的打字机开始自学。

贝蕾永远难忘自己的明星梦。但她又发现了更为吸引她的东西：新闻。是校刊和年册启发了她。她要做记者，到电视台工作便成了她的理想。可贝蕾明白，机会于自己微乎其微。瞧电视上那些女士多么"完美"！她只得把目标对准广播电台。

她选了些有关广播电视的课程，然后将录音带寄给全国各地几家电台。她的第一个工作是通过电话在堪萨斯市立电台找到的。但当节目主持见到她时紧盯着她的手，怀疑她怎能操纵得了演播台上的按钮，而那不过是最简单的手工活。无需多言，贝蕾已觉察到他的犹豫。

于是她就做了一直努力练习的动作，让他看。以后4年，贝蕾便一直从事心爱的电台工作，从堪萨斯到纽约，最后到圣地亚哥。

贝蕾深知，电视的梦想成真之前她不能完全满足。她决定孤注一掷。先是一次次失败，几乎让人心灰意冷。一些电视台只是轻率回绝，不讲任何原因。另一些电视编导则摇着头，说："遗憾！你的手分散观众注意力。"

可贝蕾从未放弃过，她不停地求职于圣地亚哥一个又一个电视台。花了一年半时间转了个大圈，最后"KG"电视台的新闻主持伦·迈尔恩先生让她成了消费者专栏的记者。她知道他们没有先例让有缺陷的人上镜,用自己只是尝试。

三周后,贝蕾开始感到不安。在 KG 电视节目中首次亮相,她戴着仿指手套。它看起来几乎可以乱真,但贝蕾却觉得非常虚假:"我岂不成了木偶。"屏幕上她的身体语言又僵硬又呆板。

爸爸及时提醒她:"不要抱怨。你必须懂得在电视上报道新闻的机会可是介于零和无限之间的。"她没有抱怨,但她的新闻主持人察觉到了她的不安。

"是这手套,"贝蕾告诉他,"让我觉得好像戴着面具。"

他说:"摘下它吧。到镜头前去,让我们看看又会怎样。"

她感到宽慰,更感到惊慌。她想:"我的电视生涯就在此一举了。观众否定的信和电话将永远刺破我的梦想。"

那天晚上 5 点播新闻,贝蕾赤手出现在屏幕上。接下来,便是等待。

电视台电话交换机的指示灯亮了。信,雪片般飞来。每个电话和每封信都肯定了她。许多人赞叹贝蕾显现出真实的自我。贝蕾很快成为了美国 CBS 电视台最著名的节目主持人之一。

读故事 长智慧

我们要想活得精彩,就要表现自己,告诉世界你能做什么,而不是让世界来告诉你可以做什么。手缩进袋子里的人,永远也爬不上成功的梯子。

我会开一家公司

1965年,一个小男孩出生于休斯敦——美国一支著名的NBA球队的所在地,他的父亲是一位牙医,母亲是一个经纪人,因此,他们结识了许多中上阶层人士。这也使得小男孩能有机会经常与那些人士相接触,通过与那些人的交往,男孩懂得了许多新鲜的东西,其中也包括电脑。

男孩的父母希望自己的儿子能成为一名体面的医生。可在男孩读到高中时便被计算机迷住了,整天鼓捣着一台苹果计算机的主板。为了不辜负父母对他的一片期望,男孩在1983年进入了得克萨斯大学,成为了一名医学预科生。但事实上他只对电脑行业感兴趣,他很想大干一场。

男孩的父母很伤心,告诉他应该用功念书,否则无法立足社会。可是男孩说:"有朝一日我会开一家公司。"他的父母根本不相信,还是千方百计地按自己的意愿来培养儿子,希望他能成为一名医生。

不久,男孩终于按照父母的意愿考取一所大学的医科专业,可是他只对电脑感兴趣。在大学的第一学期,他从一个零售商那里买来降价处理的IBM个人电脑,在宿舍里改装升级后卖给同学。

他组装的电脑性能优良,而且价格便宜。不久,他组装的电脑不但在学校里走俏,而且附近的许多律师事务所和小企业也纷纷来购买。初涉商海，他获得了信心，拥有了一笔数目可观的积蓄。大学第一学年结束以后，他打算退学，遭到了父母的坚决反对，为了打破僵局，戴尔提出了一个折衷的方案，如果那个夏天的销售额不令人满意的话，他就继续读他的医学。他的父母接受了这个建议，因为他们认为他根本就无法取得这场斗争的胜利。但他们错了，他的表现使得他没有留任何机会给他的父母，因为仅在第一个月他就卖出了价值18万美元的改装PC电脑。他的计划成功了，父母很遗憾地同意他退学。

他组建了自己的公司，打出了自己的品牌。在很短的时间内，他良好的业绩引起投资商的关注。第二年，他的公司顺利地发行了股票，他拥有了1800万美元的资金，那年他才23岁。10年后，他创下了类似于比尔·盖茨般的神话，拥有的资产达43亿美元。

他就是美国戴尔公司的总裁——迈克尔·戴尔。

读故事 长智慧

父母希望他能成为医生，他却坚持自己的兴趣，立志开一家公司。从改装电脑做起，逐渐组建了自己的公司，打出了自己的品牌。如果不是能够在人生路口坚持自己的选择，千方百计地表现自我，积极进取，戴尔能取得今天的成就吗？

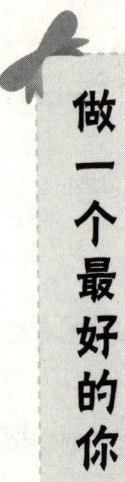

做一个最好的你

在日本，有一个叫中川的语文老师给毕业班学生布置了一篇作文，题目叫《今后的打算》。

"当一名大公司的职员。""做一个科学家！""希望成为一名医生。"……同学们的打算可谓五花八门。

老师忘却了时间的流逝，兴致勃勃地批阅着学生的作文。他发现其中的两篇作文与众不同。一篇作文是学习成绩差而性格开朗的冈田三吉所作；另一篇是患过小儿麻痹症、体质弱的大川五郎所写。

冈田三吉在作文中写道："我的爸爸原来是个鞋匠，在我幼小的时候就去世了。因此，我对爸爸没有什么印象。但听说爸爸是个手艺高超的鞋匠，所以，我要做日本第一流的鞋匠。"

大川五郎的作文则是这样描述的："我的身体不好，不能做一般人都能做的工作。幸运的是有一个亲戚在东京做裁缝，我想：自己虽然不那么灵巧，但如果拼命地学习，一定能做出漂亮的衣服。将来，我一定要做日本第一流的裁缝。"

中川老师面对桌上摆着的这两篇作文笑了。三吉和五郎好像预先商量好了似的，都要做"日本第一流的"。这两名不起眼的少年有着自己美好的理想，对未来充满了信心和希望。

毕业典礼结束的晚上，三吉和五郎到了老师家里。

"老师，我决定明天就去金泽市，到冈田鞋店当见习工。"三吉信心百倍地说。

"老师，明天我要坐3点钟的火车到东京，不久，我就要成为裁缝了。"五郎苍白的小脸上泛着红晕。

"你们都要朝着做日本第一流的方向出发了。做日本第一流，这条道路很艰

难,但不管发生什么事,都不要泄气。"

听着老师语重心长的嘱咐,两位少年不住地用力点着头。他们没有食言,8年以后,他们果然成了日本名副其实的第一流的鞋匠和裁缝师。在东京,只要一说起鞋匠三吉和裁缝五郎,人们都会竖起大拇指。

经历了人世的聚散离合,也无数次地阅读别人真实的灵魂。于是,我们对人生也就有了不同的诠(quán)释。重新拾起信心,拂去身上的烦恼,做快乐的自己。也许我真的不够完美,相貌平平,成绩一般般,性格大众化,但至少我是健康的。每天,我都在呼吸着;思索着,在不断地享受人生带给我的喜悦。我要用自己有限的生命去超越无限的自己。做一个最好的你,这就要你在做任何一桩平凡的事情时都要尽心尽力。只要你尽心尽力了,为之付出了,为之奉献了,生活就不会亏待你。

读故事 长智慧

也许,我们不是最有才华的人;也许,我们不是长相最漂亮的人;也许,我们没有最动听的歌喉;也许,我们没有最优美的舞姿……但是,我们要每天都尽力比昨天的自己强,每天都在生活的舞台上展现昂扬的自己,用有限的生命去超越无限的自己,力争做一个最好的自己。

不要成为毛毛虫

据说，法国科学家法伯曾经做过一个著名的"毛毛虫实验"：他将许多有"跟随者"习性的一种毛毛虫放在一个花盆的边缘上，让它们首尾相接围成一圈，还在离花盆四周不到6寸的地方撒了一些毛毛虫最爱吃的松针。实验开始了，只见毛毛虫一个跟着一个，绕着花盆边缘一圈一圈地走着。一个小时过去了，一天时间过去了，毛毛虫还在不停地一圈一圈地走着。终于，一连七个昼夜，毛毛虫全都因为饥饿和筋疲力尽而死亡。法伯于是在他的实验记录中写下了这么一句耐人寻味的话："在那么多的毛毛虫当中，只要有一只能展示一丁点儿自己的与众不同——走自己的路，便会避免死亡的命运。"

是啊，如果毛毛虫能展示出一丁点儿的自己，它们的跟前便是吃不尽的美食，又怎能"因为饥饿和筋疲力尽而死亡"，让自己失去一次难得的生存机会呢？

一位曾经留学美国的长者还为我讲过这样一个真实的故事。他说他初到美国的时候，发现美国的大学生每次上课前总要先拿一张硬纸，再用颜色鲜艳的笔在其上面郑重其事地写上自己的名字，然后对折一下，让这张硬纸站立在桌面显眼的位置上。他对此疑惑不解，就问坐在旁边的美国学生。美国学生告诉他，给他们讲课的教授一般都是知识渊博、地位很高的社会名流，而这对他们来说就意味着机会——因为在讲课时，教授会不时地叫学生回答问题。让写有自己名字的硬纸站立在桌面显眼位置上，这就意味着自己将会有多次被教授提问而展示自己才华的可能，从而在毕业时获得被教授推荐到著名公司当职员的机会。而他在后来也确曾多次耳闻目睹过，教授推荐

荷兰的漂浮屋

在遭受海水侵袭较为严重的荷兰，漂流房应运而生。每一栋漂流房都设计成可以跟任何其他的漂流房相互联结扣，像拼图一样可连排可拆卸。一旦潮水淹到基座就"水涨屋高"，房屋将会漂离钢柱，整个小区可安全地漂浮在水面上。此外，房屋用滑链拴住两根5米高的停泊杆，涨潮落潮时，住宅会沿着停泊杆升降。

上课能充分展示自己才华的学生到著名公司当职员的事情。

这个故事中被教授推荐的那些美国学生是幸运的,而这幸运正是由于他们在课堂上充分地展示了自己才华的结果,要不然,他们绝对不会有这样的机会。看来,"展示自己就是给自己机会"这句话一点儿都不假!

同学们,大家都想拥有良机吧?那么,还等什么,赶快行动起来,充分、再充分地展示出靓丽的自己来吧!难道,你要做一只可怜的"毛毛虫"不成?

读故事 长智慧

毛毛虫们因为不懂得表现自己,盲目从众,一个接一个在花盆边缘一圈圈地走着,终因饥饿和筋疲力尽而全部死亡。假如有一只毛毛虫能勇敢地走自己的路,表现出自己的与众不同,也不会换来这种结局。如今的社会竞争激烈,谁愿意甘当毛毛虫呢?表现自己就是给自己机会,亮出你的风采吧。

天生我材必有用

罗吉·克劳馥得了一种新生儿无指症,他右前臂直接突出一个像拇指的东西,左前臂则突出一只拇指和一根食指。他没有手掌,手脚都缩短了,已萎缩的右脚只有三个脚趾,已干枯的左脚后来也被锯掉了。医生说他可能永远无法走路或照顾自己。

但是,他的父母并没有放弃对他的期望与教育,他们无时无刻不在鼓励与教导他。

有一次,他有了麻烦——他一直迟交作业。因为,罗吉必须用两只"手"抓住铅笔才能慢慢写字。于是,他要求父亲写一张纸条给老师,请老师准他晚两天再交作业。可父亲没这样做,反而督促他早两天开始写作业。

父亲还鼓励罗吉运动,并教他如何打排球,在罗吉放学后,还在后院教他打橄榄球。罗吉12岁时,便在学校的橄榄球队占有一席之地。

每场比赛之前,罗吉会在脑海中想象他得分的美梦,有一天,他真得逮到机会了!球掉到他手臂上,他用义肢尽其所能地向得分线奔去,他的教练和队友都疯狂地欢呼,但有一个敌队的球员在10码线上追上了罗吉,他紧紧抓住罗吉的左足踝,罗吉试着要抽出他的义肢,但相反义肢却被拔下来了!

当时,罗吉不知道该怎么办,他就开始往得分线跳过去,裁判也跑过来,他的手在空中大力一挥,终于得分了!甚至还有比这得分更

精彩的,那就是看着拿着他义肢的小球员脸上所流露出的表情。

罗吉能做的另一件事便是旋转网球拍,美中不足的是,当他转拍子转得很快时,无法紧紧地握好拍子,所以拍子常会掉下来。但凭着好运气,罗吉在一家运动用品店里意外地找到了一支看起来很古怪的球拍,当罗吉拿起这支球拍时,他出乎意料地刚好把手指伸入这支有两个把手的球拍,这"天作之合"使得罗吉可以转动球拍、发球和接球,就像一个四肢健全的选手。他每天都练习,不久之后就开始参加比赛,当然也屡尝败绩。

但罗吉坚持下去了,他一再地练习,一再地参加比赛。左手两个手指的手术使罗吉更能握好他这支特殊的球拍,使他比赛的成绩大大进步了!虽然没有教练可以指导他,罗吉对网球却越发着迷,不久他就开始赢球了!

后来罗吉继续向"大专杯"进军,终其网球生涯,他获胜22次,输了11次,成为第一个被美国职业网球协会认可为专业教练的残障网球选手。

在父母的鼓励与引导下,罗吉用他不服输的精神和"天生我材必有用"的信念创造了一个又一个的奇迹。

读故事 长智慧

> 虽然他没有手掌,右前臂只有一个像拇指的东西,左前臂则突出一只拇指和一根食指,虽然他没有左脚,已萎缩的右脚只有三个脚趾,但他并没有因此嫌弃自己,没有因为身体的缺陷而放弃自己的人生。相反,他积极地参加网球比赛,成为第一个被美国职业网球协会认可为专业教练的残障网球选手,在世界面前展现了一个顽强不屈、自立自强的自己。

挑战不可能

当阿里第一次走入拳击栏时,观众认为瘦弱的他不出五个回合就会被对手打趴下。

然而,就是这个不起眼的年轻人,在一生61场比赛中,创造了56胜5负的拳坛神话,成为拳击史上第一位三度夺得世界重量级冠军、获得"20世纪最伟大运动员"荣誉的拳王。他说过一句话:"'不可能'只是别人的观点,是挑战,绝非永远。"

后来,莱拉·阿里出现在了阿迪达斯最新的广告片中,她就是拳王阿里的女儿。原来拳王阿里的女儿也打拳!她甚至与父亲老拳王在拳击台上同场竞技,演绎了又一个"挑战不可能"的故事。

"我是莱拉·阿里,我是一个职业拳击手。我身上背负着3条世界重量级拳王金腰带,职业生涯的战绩是16胜、0负,曾13次击倒对手。当我第一次在电视里看到女子拳击,就像一根导火线在我脑中点燃,我对自己说:我也要那样!"莱拉·阿里如是说。

莱拉·阿里12岁时,她就向母亲发誓,自己18岁一定会离开家,去开一家美甲院,她说到做到。在美甲院生意越来越红火的时候,她作出了惊人的决定,那就是要做一名职业拳击手。"我想我面对的最大挑战就是：成为莱拉·阿里，而不是永远被人称为穆罕默德·阿里的女儿。告诉你们，我的父亲是个大男子主义，他甚至不喜欢我穿短裤和运动衣。但是，我从不认为女人和拳击是一对矛盾。我想成为一名战士，同时也是一个让人激动不已的漂亮女人。"莱拉·阿里这样解释自己的选择。

拳王阿里一开始非常反对她的决定，而她的女儿也从来没看过他在拳台上的样子。不过母亲却一直默默支持着女儿，她相信莱拉会和她的父亲一样在拳台上取得成功。她成功了，灵活的移动使她获得了"蝴蝶夫人"的称号。莱拉·阿里说："虽然开始的时候父亲非常反对我的决定，但我一直很倔强，做我该做的事情。无论我怎么选择，我一定会充满热情地面对自己的决定。"

至于她的父亲老阿里，现在每次看完女儿的比赛，都会对她说："你是最优秀的！"现在，莱拉·阿里已经赢得了三项世界冠军。面对荣誉，她这样回答"有人说女人不该打拳击时，你认为我会怎么做？是的，没错，上！我现在是世界上最知名的也是最优秀的女战士。当人们走向我，告诉我他们受到了鼓舞，我使他们相信'没有不可能'时，我的心情棒极了！那让我感觉到自己的意义，我必须继续做得更好。"

对不可能的超越，才是最华丽的生命乐章。一个男人如此，一个女人也如此。

读故事 长智慧

如果我们习惯了被溺爱，习惯了遇上挫折就搬救兵，习惯了轻松安逸的生活，渐渐地，我们就失去了斗志，失去了勇气。我们总是认为有些事是不可能完成的，我们的行动被思想束缚。其实，只要挣脱这种思想枷锁，表现出自信坚强的自我，没有什么是不可能的。

我是森林中最出色的小鹿

在大森林里,鲁比是一只十分普通的小鹿,长相不出众,身体也不强壮。但是他有一个非常远大的志向,那就是要成为森林中最出色的小鹿。

每天早上,当大家还在睡梦中时,鲁比就开始在森林中跑步。鲁比跑步结束后,有时会遇到一两只早起的小鹿。小鹿们觉得很奇怪,问道:"鲁比,你这么早起来跑步干什么?"鲁比大声回答:"因为我想成为森林中最出色的小鹿。"

"哈,别开玩笑了!"他们大笑起来,"就你,也想成为森林中最出色的小鹿?"

大伙儿在一起吃东西时,鲁比并不像大家一样去吃地上的青草和低处的树叶,而是使劲儿跳着,尽力去吃大树高处的树叶,能跳多高就跳多高。大家奇怪地问:"鲁比,只要能吃饱就行了,你干吗浪费力气跳那么高?那儿的树叶特别好吃吗?"

鲁比大声说:"不是的,而是我要成为森林中最出色、最强壮的小鹿!"

"哈哈……笑死人了!你不是在做梦吧,就凭你?"大家嘲笑着他。

鲁比丝毫不理会别人的冷嘲热讽,继续他的锻炼。当他觉得自己已经足够强壮的时候,他就向别的小鹿挑战。刚开始,他总是很轻易地被对方打败。渐渐地,他变得不那么容易被打败了。最后,所有的小鹿都不敢再小瞧他了。

终于有一天，年老的鹿王把大家召集在一起，宣布说："我已经老了，没有能力再领导大家。所以我决定通过决斗推选出新的鹿王，所有年轻的公鹿都可以参加。"

决斗开始了，几乎所有年轻强壮的公鹿都参加了。这是一场激烈的厮杀，大家都拼尽了全力，想夺取鹿王的宝座。最后，大多数公鹿都倒下了，只剩下了鲁比和壮壮。壮壮非常强壮，在以前的较量中，鲁比很少赢过他。

有好几次，鲁比都差点被打倒，但他一直想着："我一定要成为森林中最出色的小鹿，我现在还不能倒下。"鲁比勇猛而顽强地搏斗着，最后终于打倒了壮壮。

当鹿王宣布鲁比成为新的鹿王的时候，大家欢呼起来。一只最漂亮的母鹿悄悄地对同伴说："瞧，鲁比多么英俊强壮啊，他真是森林中最出色的鹿，只有他才是最适合的鹿王。"

读故事 长智慧

我们虽然不能决定自己的长相，但是我们可以决定自己的行为。学习中，只要我们全心投入，脚踏实地，不耍小聪明，就会取得出色的成绩。生活中，只要我们摆正心态，确立目标，遇山开路，遇水行船，把困难一个一个地解决掉，你就会表现出卓尔不群的风采。

展现领头鸭的风范

在一条美丽的小河边,鸭妈妈带领她的孩子们在游玩,他们有的在河边的草地上追逐打闹,有的在河里游水嬉戏。

只有小鸭子美美独自待着,他也很想和大家一起玩,但每当他走到其他小鸭子的旁边,小鸭子们就对他又踢又啄。有的说:"走开,你长得这么丑,一看见你,我就觉得恶心!"有的说:"你长得这么丑,你和我们在一起,人家会连我们也瞧不起的。"还有的说:"对了,我们干脆叫他'丑小鸭'好了,说不定他就是丑小鸭的后代呢。"大家全都大笑起来。

美美躲在一边伤心地哭起来。鸭妈妈看见了,走过来问道:"怎么了?你怎么不和大家一起玩?"

美美哭着说:"他们都嫌我长得丑,说看见我就恶心,还叫我'丑小鸭'。他们还打我,呜呜……"

鸭妈妈说:"是吗?可是我不觉得你长得丑呀。你们每个孩子在我眼里都是特别的,唯一的。就算是你长得丑,也没关系。因为就算是丑小鸭,也有成为白天鹅的潜质,你看他最后不就变成白天鹅了吗?"

美美说:"可是,我又不是真的丑小鸭,我是不会变成白天鹅的。"

鸭妈妈说:"你也有很多优点呀。在我眼里,你并不比别的孩子差。你游泳不是游得最快吗?你不是兄弟姐妹中最有力气的吗？每次去找东西吃，不是你找的最多吗？自己吃不了，还分给妈妈和别人。"

美美吃惊地问："真的吗？我真的这么棒吗？"

鸭妈妈说："当然！只要你继续练习各种本领，你还会更棒的！挺起你的胸膛，找你的兄弟姐妹们玩去吧！"

听了妈妈的话，美美抬头挺胸地走到其他小鸭子身边，大声说："我不是'丑小鸭'！我也有很多优点。"看到美美如此自信地说话，小鸭子们都吃惊地看着他。

后来，美美每天都刻苦练习本领，游泳、捕鱼样样都很出色，而且他还经常帮助别的小鸭子。小鸭子们渐渐变得喜欢他了，喜欢跟他一起游泳，喜欢跟他一起在草地上嬉戏。美美俨然成了一只领头鸭，他再也不为自己长得丑难过了。

读故事 长智慧

自卑会蒙蔽成功的希望，自卑会阻挡前进的步伐。当你真正突破了自我，勇敢地去尝试的时候，才会发现困难也许并没有想象中的不可战胜。在突破自我、挑战极限的过程中，我们将充分激发个人蕴藏的巨大潜能，体会到展现自我，心灵历练的巨大快感。

 我的故事

第一次给老外讲故事

上一周,英语老师让我们找老外讲故事,提高我们的英语会话能力。在家时,我一直背英语故事,背得滚瓜烂熟也不肯罢休,生怕出一点儿小毛病让老外看笑话。老妈说:"光准备故事不够,还要找点礼物送给外国人。"我便买了几个中国结与一大袋筷子,心想"一切准备都做好了,就看当场发挥了。"

周日,我跟杨留乐一家相约去后海。一路上杨留乐一直觉得讲故事很简单,一副胜券在握的样子。来到后海,我们第一眼瞧见了一家星巴克咖啡店,杨留乐的妈妈刘洁阿姨一直鼓励我们进咖啡店讲故事,但我非常犹豫,心里十分激动,又特别害怕,最终我也没有进咖啡店。

我怕杨留乐说我胆小,当看到一个外国小姐时,我居然走了过去。可当我后悔走出这一步时已经太迟了,因为我已经走到那小姐面前了。我只好壮着胆子说:"I want to tell you a story……"当时我自己都没想到能将一个小故事,而且是英语小故事一字不差、流利地背下来。背的过程中,刚开始我心里一直在打鼓,腿肚子直转筋,感觉全身不自在,不敢盯着那个小姐的眼睛;过了一会儿,我发现那位小姐一直用眼睛看我,她温柔的目光使我不再恐慌,我看出她对我很感兴趣;然后,我开始微笑,眼睛也看着她,觉得给外国人讲英语故事没有想得那么难,如果手忙脚乱地给对方讲,反而会漏洞百出;讲完之后,我送给了这位小姐一双筷(kuài)子,感谢她的耐心和友善。在后海,我找到了四个"新朋友",杨留乐也结交了四个老外。

通过讲英语故事,我了解到自己英语的真实水平,这使我在学习英语的旅途中收获了自信,也收获了快乐。我期待着自己下一次更优异的表现。

把你的自信表现出来

刚吃完饭,我就在客厅嚷嚷起来:"妈妈,你快点过来跟我玩跳棋啦!""来啦,你先把棋摆好!"妈妈欣然答应着。每天晚上,我都要和妈妈比上两回,不分个胜负,我决不罢休!

说起我对跳棋的爱好，还缘于妈妈呢！我从小就是一个自卑的孩子，刚开始每次和她下棋，我都输得很惨，失败令我好伤心，哭着说再也不下跳棋了。妈妈见状鼓励我说："来来来，下最后一盘吧，好好下，没准就赢了呢！"于是妈妈不露声色地让了我几步，我尝到了胜利的甜头，也对跳棋有了自信心。每胜一回，我总得意地扬起小脸说："瞧我厉害吧？我就知道你赢不了我的！"这时，妈妈也毫不吝啬地表扬我说："文静现在是越来越厉害了！连妈妈都甘拜下风！"得了表扬的我更是来劲了，硬缠着妈妈还要杀上一盘！于是，和妈妈下棋，成了我每天必做的功课。

在一次次地"操练"中，我的棋艺长进不少，稍不留神，妈妈还真的会成为我的"手下败将"。即使这样，妈妈还是心甘情愿，因为，我比以前自信了许多！

现在想想，其实，自信就在身边，如影随形。把你的自信表现出来，心中无敌，便无敌于天下。不是吗？

相信自己，表现到底！

坎坷的人生中，总是有许许多多的挫折。面对挫折，要有信心表现自己，对自己说一声："我能行！"我就有这样的体会。

一二年级时，我不会写日记，一写到日记就会哭，每次都是哭着喊着求爸爸帮我写，爸爸写好后，我再对着上面抄一遍，为此老师经常怀疑文章不是我自己写的。

到了四年级，我的作文水平才逐渐有所提高，有时候作文写得好，还被老师当作范文在班上朗读呢！于是我便开始试着去投稿。

可是我一次又一次地将稿子投出去，希望却像泡影一样一次又一次地破灭了。每当我听到老师宣布班上有同学作文发表时，我总会一阵欣喜，期盼那个人会是自己，但是在欣喜过后便又是失望。

爸爸知道后，总是会语重心长地对我说："一次失败了不要紧，不经历风雨，怎能见彩虹，我相信你能行。写作并非一日之功，也许文思泉涌只是偶尔，却能恍然大悟，也许东临碣石顿生豪情，也未必能以歌咏志。"

是啊，路是人走出来的，其实每一次失败都孕育着一个新的成功。

于是，我又拾起笔来，笔耕不息，写出了一篇又一篇的作文。终于，在今年一月份的一天，我的作文在《小主人报》上发表了。

成功是自私的，它决不会将辉煌施舍给懒汉；成功又是公平的，它会毫无保留地将满天的灿烂星光照在坚持不懈的奋斗者身上。

相信自己，表现到底！作文，我能行！

编者声明

本书的编选参阅了一些报刊和著作。由于联系上的困难，我们未能与部分作者取得联系，谨致深深的歉意。敬请原作者见到本书后，及时与我们联系，以便我们按国家有关规定支付稿酬并赠送样书。

联系人：张老师

地　　址：北京市朝阳区小营路25号房地置业大厦905

邮　　编：100101

电　　话：010-59046222